女人小花絮

陳素中 著

獲益出版事業有限公司

女人小花絮（獲益文叢）

著　　者：陳素中

主　　編：東　瑞（黃東濤）

督 印 人：蔡瑞芬

出　　版：獲益出版事業有限公司
香港九龍土瓜灣道94號美華工業中心B座6樓10號室
HOLDERY PUBLISHING ENTERPRISES LTD.
Unit 10, 6/F Block B, Merit Industrial Centre,
94 To Kwa Wan Road, Kowloon, H.K.
Tel: 2368 0632　　Fax: 2765 8391

版　　次：二〇一七年十月初版

國際書號：ISBN 978-962-449-588-1

目 錄

自　序

　　2014年3月間我有幸出席一個由香港婦聯主辦的慶祝「三八」國際婦女節的國際婦女高峰論壇，來自港澳和東盟幾個國家的婦女代表以及邀請多位專家學者出席約兩千餘人大會。

　　全國政協委員，港區婦聯代表聯誼會會長王楊紅女士致詞，希望這一跨專業跨國界的廣泛交流互動題為「共圓婦女夢」大會，為探討婦女平等和文化教育，婦女事業與家庭等問題。發揮女性潛能，激勵廣大女性樹立信心，勇擔責任，真正實現男女平等，共創美好未來而貢獻力量。

　　首位講者是香港政務司司長林鄭月娥女士簡介香港在推動婦女工作的進展，在保障婦女權利的落實概況。接著全國婦聯副主席孟曉駟女士為大家介紹「攜手向未來，共圓婦女夢」的演講。來自東盟幾個國家講者介紹她們的婦女工作，為婦女的維權付出甚多，可謂「抗爭」，但不少落後地區女子仍得不到教育，升學就業受歧視，男女不平等很嚴重……賣女「頂債」，「賣妻」的情況亦存在，婦女醫療得不到保障，孕婦，產婦死亡率高，嬰幼兒出生多但死亡率也高。

　　「婚姻與家庭」是這次大會的熱門題目，無論在發展中國家或發達的國家，當今已愈來愈多惹人關注的嚴竣問題。

婚姻家庭是富有時代特色的，時代內涵造就人們意識形態、烤炙著每個人的心靈。

　　中國婚姻家庭研究、教育家陳一筠教授以「社會轉型中的家庭與女性」為題演講，客觀地剖析。指出有些地區重男輕女仍很嚴重，孕婦「女胎」遭非法流產，結果人口失去自然平衡，男性多女性少，社會上出現「人販」拐賣被棄女嬰，或從外地及落後國家山區拐賣新娘嫁入內地。女性被歧視，僅成為「產子」工具，家中沒地位，心理受到創傷。還有離婚率快速攀升，導致「單親媽媽」愈多，帶來經濟精神困境，構成社會另類嚴重的問題。

　　在家庭這舞台上，女人發揮著男人難以企及的功能，同時也獲得滋養與樂趣。因此，女性在建設與維護家庭方面一般而言比男性作出更大的努力，當在家庭方面面臨動蕩或解體風險時，也總是更加憂慮和躊躇，承受的代價往往也超過男人……

　　以上陳教授的論述非常中肯。我作為健康服務部的女醫生更感懷深思！我們應勇承負重任。家庭、婚姻造成的社會問題還應引起社會媒體、司法機關，政府決策者的高度重視。

　　著名文化學者于丹教授作題為「精神成長是女人一生的功課」的演說。指出女人要接受自己、不要失去自信，不要渺茫，一個美好幸福的女人是很少報怨的！

　　演講嘉賓有位新加坡中華總商會名譽董事張齊娥女士以題為「來自內在的革新」道出了精辟的人生哲理……她用自

己人生經歷論述：「在自己生命的不同階段進行著不斷的自我革新，要接受要努力配合環境不斷地學習，改變自己，找辦法，創造成功。」說明女性持有韌性和毅力，面對現實，戰勝困境可以走出自足的成功人生路。

最後一位嘉賓是中國神舟十號航天員王亞平女士，她以「女性光輝在太空閃耀，幸福家庭靠真情」為題，講出她艱苦訓練生活，以堅強的意志戰勝難以想像的困難，在神州十號發射前一刻她想到的是責任；使命和圓夢。我們還從視頻中看到她受訓練的實況。她經歷艱苦的訓練終於飛上太空，事實證明女性和男性一樣可訓練的。

在現代社會的女性有兩個人生舞台——事業和家庭。從參加這國際高峰論壇大會後，給我深深啟迪，我也應為共圓婦女夢履行使命，盡我的一份綿力！

在我多年的醫療保健服務中，我有機會接觸許多婦女，目睹我周圍的平凡女性，她們許多看似不起眼的平庸，卻十分感人的故事已存入我的腦海裡，終於引發我寫這本「女人小花絮」的書，雖然只是女人故事滄海中之一滴，然而可以代表時代對女性的影響，隨著科技的進步，資訊的發達，女性特有的細心、韌性和毅力已經在各領域展現才華，和男人一起為人類的文明進步，貢獻力量。

老同事相聚

今日「母親節」的晚上，我和廿多年前西貢母嬰健康院的老同事八人聚餐。久年的軼事從沉缸底翻上來，是如此的醇純！為人之母的老同事形象讓我心裏陣陣香甜。

記得我任政府醫生不久的1991年初夏，家庭健康服務部首席醫生通知我擔任西貢母嬰健康院主管醫生，這是一所設有十八牀位的產房和母嬰健康門診服務的診所。門診有十位員工，產房有助產士和清潔工友共十幾人全是女性。

西貢是靠海風景旅遊區，居住除了「水上人家」原居民外，也有不少定居的「老外」。當年因越南難民多，香港是「第一收容所」，在西貢設有兩個「難民營」。這其中的孕婦產前檢查和分娩後產後休息及部分預計「順產」的都由我們診所負責。西貢診所位於美麗的海傍，此空氣好，環境令人賞悅，還有不少海味餐廳。交通較不方便，工作確有些特異性，但診所較小，人事較純樸不複雜。

當我接任不久，很快覺得相處的女性同事很愛「家」，愛我們這小單位的「家」。把自己「愛家」融入工作中，從與來見我們的「母親」們對話的真誠和喜歡嬰幼兒的情感流

露在細微的工作中；和我門的「顧客」交上朋友，不少顧客向我們吐真情，求精神上的支持，比如有婚姻亮紅燈的，（丈夫包「二奶」）問我們：「醫生，怎麼辦？要不要和他離婚？」我們幾乎也要擔當「社工」和「心理醫生」的角色。我們時刻深記自己是公務員，竭誠服務是我們的宗旨。

在茶餘飯後，我們話題離開不了「家」。大家相處情誼加深，締造了家庭式的情誼與日俱增。

我來診所的首個聖誕節，因接受員工的建議，誠邀全員工攜家人都出席歡聚會，丈夫，孩子連家庭傭工都團聚在診所的大廳。每家都奉着「拿手好戲」的菜餚來，我們也為小朋友準備小禮物。一個熱氣騰騰歡樂的場面出現了！各家成員相互問候、交談，小朋友表演，並領接禮物……，非常有趣的大家庭集會共慶佳節還是我首次見到的。內心自問：「噢，原來香港人有這麼濃的人情味？！」

這首個聖誕在產房的同事也搞了大會餐，由於產房具有提供膳食的設備單位，人手也較多，大家動手，發揮本有的「家庭主婦」的能手，自己烹調煮美食，邀請整幢政府大廈的其他科室醫生，護士長，藥劑師等共聚一堂。平時工作較少聯絡，利用共慶節日的歡聚增進大家互相了解和情誼。

和同事相處的歲月裏，以誠相待更促進工作的協調，每人雖分工執行各職，但有的環節較忙時能主動增援配合，也有時出現的「忽略」或不足之處，互相間能善意、及時的糾正。不生是非、不御責任，共同維護集體，為顧客提供竭誠

的服務。

　　這間診所離市區較遠，工作中遇突發的事情要靈活，當機立斷處理。那時尚未「電腦化」的預約制度，對到診的「顧客」不管人數多少，做到「有求必應」，在一定時段裏一定要服務完，同事主動協助很重要，大家共同「忙」，然後忙完了才一起用餐。多年來我們一直維持這和諧相處的日子。

　　在西貢母嬰健康院同事工作的複雜性還有另一方面，即來自提供越南難民營內婦女的服務，有的婦女因有意要逃跑出來，她們取別人孕婦的尿樣品化驗證明自己「懷孕」，可以隨車被載到我們診所裏，然後躲過工作人員的「眼」偷蹓出診所。因此產前檢查要特別注意，揭穿「假孕」，防止逃跑。也有因營內「壞頭頭」煽造成兩大派大打鬥，經常會傷及孕婦和幼嬰，為了保護孕婦的安全，爭求上級意見，我們產房也曾經開放收容她們來「暫住」，因為保護婦女安全生育是我們的責任。另外，也有「上告」的案例發生，比如有產婦產下的不足嬰沒存活而「上告」，這樣「上告」例要等法院「排期」，政府不可以遣返他們。而「死因裁判庭」開審時，我們診所為她進行產前服務的主管醫生，營裏的醫生，醫院裏為其接生的醫生以及護士，助產士全都要上庭作證，增加不少麻煩和政府開支。面對不少特異和複雜性，我們西貢母嬰的同事互相支持是極為重要的。

　　香港「九七」回歸後，逐步解決越南難民問題。廿世紀

末香港的嬰兒出生率下降，衛生署下健康院的產房逐漸關閉，西貢產房是最後關閉的一間。我調離了工作九年的診所，又有幾位同事移居外國。但我們老同事仍保持聯繫，以「家」為話題維繫着我們真摯永恆的情誼。

一恍廿年前度過九年在西貢時光，美麗的海傍、那古味的小鎮街道，那純樸原居民的情懷，還有那小鎮裏那麼多熟悉的臉孔都深記腦海裏。然而更珍貴的是我們一伙老同事的笑容和純潔心靈，那傳統以「家」為中心的母性品味深深印染了我。相信我們的情誼將永存下來。

原西貢健康院同事相聚於2014年2月26日留影。

陳素中西貢海傍留影。

陳月蘭護士

那天，我從電話中聽到了已多年沒聽到的熟悉聲音，她邀請我參加她的退休晚宴，頓時我振奮和高興！她是陳月蘭老護士。

記得二十世紀九十年代，衛生署下的健康院按地區人口稠密度而分佈，有的診所須天天開放，有的診所每周僅開數天。沙田的「大圍健康院」每周僅開三天，而且借普通科門診部診室。我輪值負責逢周五下午的時段，為0-6幼兒健康服務。逢這天上午姑娘先為到診兒童健康評估和預防注射，有必要見醫生的兒童等下午二時才開始由當值的醫生接見。那時還沒電腦化，沒預約制度，而且那些年香港嬰兒出生率還高，一個下午三個多小時裏我通常要見50到60例，在大廳等候見醫生的每個幼嬰陪伴的爸媽或更多其他親人，廳裏時常亂哄哄的哭、鬧、笑吵雜聲，我們的工作必須有序高效率的進行，再繁忙也不能糊塗。醫生的工作要靠有力助手護士配合，陳月蘭護士是大家讚譽的最得力、實幹效率高的一位。

她一副敦厚誠實的面孔，以「姐妹」「媽媽」的形象出

現在等候接見醫生的擁擠人群中，按號親切地呼進房的「母嬰」，並向大家交代事項。

她帶進的「顧客」安排好在檢查牀上，手腳不停地配合醫生所需，因她善解人意，即幫醫生又讓「顧客」滿意，能幫醫生記錄下檢查的數據又用通俗親切語句向「顧客」（通常是幼兒的父母）解釋。在極繁忙時，她不慌亂而輕鬆自如，嘴勤手快乾脆利落！我非常感謝有她的幫忙。按某護士長說，陳姑娘的工作效率是一般護士的五倍，她每天都是帶着笑容、樂融融地工作着。

悠悠歲月二十多年過去了，我們度過了喜樂相隨，哀悲共憫的日子，雖後來我退休一幌十年了，但我們同事情緣依舊不變。她為人忠厚人際關係很好。工作順心還在於她有個快樂美滿的家，她常露出一句話：「我好仲意操仔呀！」（即很喜歡子孫，付出操養之力。）

她是很愛「家」的主婦，而且非常愛診所，有如「大家姐」般的姿態。愛診所，愛工作，對社會有承擔，幾十年如一日以滿腔熱忱地護士工作服務，貢獻自己！

在她退休的歡送宴會上，我才知道她度過四十二年的護士生涯中告病假僅六天，簡直難以置信！說明她不但有健康的體魄，而且小病又能克服不告假。

這晚到會有近百人，陳護士一直笑呵呵地忙碌招呼，她捧了一碗「甜醋蛋」給我先吃，說是自己煲的，因又多了個孫兒正滿月。來者都送上祝賀和合照，堂上電視機正放映人

們為她攝制的DVD，有不少醫生陸續到來，高級護士長也捧場並在發言中讚陳月蘭是非常難得的一名護士，再亂再忙的局面，只要有她在場工作一切都應付得就緒，她打針或見顧客都比別人快好幾倍。

政府公務員生涯中，沒有評先進、模範，沒有獎金，靠的是自覺負責的工作態度，高度自覺的使命感、責任感。陳月蘭護士就是以她質樸、勤懇、竭盡所能為母嬰健康作出貢獻。

我一直在腦海中蕩漾起這疑問：一位在平凡工作崗位的她怎能表現得這麼出色？？後來又在另次的小聚中，我進一步了解到她的出身和品格的成長過程。

陳月蘭護士出生在一貧困的家庭裏，是家中的老大——「大家姐」。下有四位弟弟妹妹。俗言：「窮人的孩子早當家」一點沒錯，她在艱困的環境中成長起來。九歲的她已開始做「暑期工」，賺小錢幫家中零用。很小的年紀已理解父母養家的辛苦。她十三歲時進入工廠做全日的「車工」，她母親因病重四十七歲就離世，做為「大家姐」的她，還要兼照顧弟妹。她幫父親承擔家計，年紀輕輕的她已顯露勇往直前勇敢擔當重任的氣質。她爭取機會讀書的選項是接受醫院培訓為一名「登記護士」，因她的勤勞努力，十八歲時取得了這「專業資格」，成為醫院裏的「登記護士」。憑借她自身的努力，在實際的工作中，熱愛這份工作以致全身心投入。同時隨着歲月遞增她成熟了，也締造幸福家庭。

我讚賞陳月蘭那如噴湧的精力和熱情洋溢高效率的工作作風，欣賞她愛「家」的情懷，現在她是多孫兒女的祖母了！

　她是位平凡的人，而她積極的人生態度，締造出可貴不平凡的人生！

陳月蘭（右）與陳素中（左）留影於2014年夏

陳月蘭（右三）醫生好友留影於2014年夏

陳月蘭護士（前坐左三）和老同事留影於榮休宴會2014年6月20日。

陳月蘭（中）與好友留影。

祝願友情長情

　　在一小集體裏，每人都真誠地付出一點點似乎微不足道，但日長月久這一點點所凝集起的友情將成堅實的一塊，真情閃爍着永恆的共享的快樂！

　　由於西貢母嬰健康院關閉停辦，我被調到將軍澳母嬰健康院。這裏共事的十幾個同事仍是協作愉快，相處得很融洽。「家」是我固有的傳統理念，熱愛和盡力奉獻給母嬰健康服務是共同的宗旨。人人有自己的家，也把我們這小集體當成大家的「家」，有共同目標努力工作，同時也營造這和姐妹關係，互相關懷親如一家。

　　我們的友情隨歲月而加深，隨人生閱歷增多，對世事看得更清晰，「人格」提升，人生價值也提升了！我在這裏工作了五年就年滿退休，緊跟着此健康院也停辦合併到「坑口母嬰健康院」，人事又再變動，雖說像是「散伙」了，但卻沒有散掉我們已凝集起的友情盤石。十多年來，我們一直保持親密聯繫，原班老同事中有誰家中喜慶，有誰遇困境悲情等都共享喜悲哀樂，相互支持！

　　我們每年都找「理由」快樂地聚首，歡送「榮退」是最常的理由。

　　每次要聚餐相見都是原文員張仲橘和何笑芳小姐不惜

花時間用電話一遍遍問每位老同事適宜赴會的時間？（現在，大家有智能手機，建立了我們的「群組」，聯絡方便多了。）回想當年我是此診所的主管醫生，護士長陳秀萍，我們配合得很開心，很隨意，全靠每個員工的勤勞、自覺負責地工作，大家以主人翁態度、真誠待人出發。當然工作中不可能一帆風順，誰都有可能出差錯，在乎如何化解、處理。

人必須互相尊重，互補不足，尊重每個人的自尊、個性，以誠懇學習、寬容理解來相處。同事，是個可親可敬的詞語，每日八小時相處，可以說比自己家姐妹相處的時間還長。好同事陪伴着大半生的日子，比親人還親，這友情結晶是何等的珍貴呀！每次相聚見面後，我們必然又定下以後見面的日子。

讓我們共同祝願——我們的友誼長情！

原將軍澳母嬰健康院同事留影於2011年冬。

原將軍澳母嬰健康院同事留影於2013年夏。

陳素中（坐中）、陳秀萍（坐左二）和原將軍澳母嬰健康院同事歡聚在關偉明（坐左一）退休歡宴留影。

沒有過不了的檻

自二十世紀以來，隨着社會進步，人們改變重男輕女的封建思想，中國女性開始走向社會，實現自由婚姻，獲得社會工作權利。但同時，女性要承擔生育的天職，共顧兩者，負擔是沉重的。由於自主婚姻使她們更珍惜自己的歸宿，秉承傳統的道德觀，為小家庭付出自己的一切。

我看到大嫂對大兄感情的堅貞，對孩子細心的呵護，看出她是位難能可貴的女性典範。

解放前夕，我大兄讀高中快畢業，放棄繼續升學而投奔革命，參加共產黨「打游擊」，並已整裝待發準備參加解放金門的戰役，在艱苦的環境中他胃病發作頻繁，解放初期轉業地方，安排在省府（福州）某職業專科學校任領導職務，在組織關心下，通過介紹，認識時任省婦幼保健院護士長（即現在我大嫂）。靠着共同為革命工作的信念，以真情談愛到結婚，建立了家庭。

婚後不到一個月，大兄服從組織工作調動，要赴外省支援建校工作，為革命工作他們暫時分開了。他們固守着這份夫妻真情。

大約半年後，組織終於調大嫂到外省大兄的單位，即輕工業學校的醫療所工作，後來在這裏誕下一健康的孩兒，產期後，大嫂要上班，又要餵養孩子，在那遠離自己家鄉，環境差的情況下，大嫂一邊工作，一邊照顧孩子和家庭，嚴冬到了，要自己為小孩縫冬衣，納棉襪，大兄工作較忙，小家庭的責任全是大嫂承擔的，她的奉獻溫暖了這個家。

　　上世紀五十年代政治運動較多，1959年的「反右傾」和「清除革命隊伍中不純分子」中，大兄身為黨員的領導幹部被整批為「歷史反革命分子」，清除出黨和一切職務，他雖沒承認，但仍下放勞動，精神上受到巨大打擊，家庭被連累了，大嫂承受家庭經濟的困難，撫養孩子的辛苦，還要堅持工作，她忍受不明真相人的歧視，無怨無悔，還要關心大兄的身體，她相信大兄沒有犯錯誤，是錯誤「路線」造成和另有用心人設下的陷害。此外，她還要找有關的人進行「上訴」。找證據，找可靠的敢堅持事實真理的老幹部，慢慢不少人看到真相，好心幫助她，關心她孩子、家庭，支持她「上訴」。她在困境中變得堅強，堅信大兄沒錯，緊攜着堅貞的夫妻感情。

　　一九六〇年前後國家困難時期，物質缺乏，他們小家庭在外省離我們父母大家庭較遠，那極困苦的日子多虧大嫂的苦撐。她勇敢面對，不失尊嚴正派而誠信為人，她明智、心甘情願忍受一切辛苦，相信大兄一定有清白的一天。好多年後（一直到文革結束）大兄這「老冤案」才得到平反，後

來，儘管組織上給大兄許多應得的「補贈」，但失去多年的自由等等是補不回來了，唯有留下最珍貴的是大嫂奉獻給他和這家庭堅貞的情感！

所有的物質、金錢都是身外物，只有真情是財富，是永恆不變積存在心中的純金！如今大兄大嫂已越過「金婚」，他們是我們弟妹的偶像和楷模！在嚴峻的政治氣氛影響下，許多人經不起考驗……衣襟夫妻、骨肉父子、手足兄弟之間對立，感情支離破碎的不為奇！

人生總難免有起伏，在我人生路上也遇許多困難，大嫂總是親切地安慰我說：「沒有過不了的檻！」鼓勵我堅強地走下去。

做個女人真不容易，做為一個職業女性更是難上再難！如大嫂從護士晉升為醫生，看出她事業成就。另方面她是精心地經營這個家。

為家付出一切，是賢妻良母！她的剛柔品性是女人中的典範！在當代的女性中實在極為少見的優秀者。

由左到右：陳美卿、陳執中、陳毅中、大嫂熊素雯、陳素中，陳鏡中（2015年10月12日於大兄家中）

由左到右：大兄陳毅中、大嫂熊素雯、陳素中 2016年4月3日留影。

由左到右：陳鏡中、陳克明、大兄陳毅中，大嫂熊素雯、陳素中。

生育是天職

（一）獻身的天性

雌性蜘蛛交配後受孕了，體內產了大量的卵子裝入一個大卵袋，隨着卵子增多和變大，軀體也膨脹。等到有一天，忽然無數的小蜘蛛破殼而出。

此後，母蜘蛛很疲乏像昏過去一樣，無數的自己孕育的小蜘蛛開始把她吃掉了！這母蜘蛛獻出自己的軀體而成全了下一代的存活，剛出世的小蜘蛛最早的幾餐就是母親的身體，母親滅跡了，而無數的小蜘蛛存活下來了。

為了繁殖下一代，延續生命的偉大使命，母蜘蛛這種獻身的天性，讓我無比崇敬！

雖然人類不同於動物，但在遺傳的天性是共同的。

童年，我讀小學時，有次見好幾個女孩子圍在一起玩「生孩子」，有個扮大肚子的女孩半躺着，有個扮「接生婆」，大喊「生，生，用力！」有個說，「媽媽說生孩子如生雞蛋一樣，」也有個喊「像大便一樣孩子快出來了……」玩得真開心。我不知道生孩子是怎麼樣，總之是神神秘秘的好玩吧！

隨着歲月遞增，我們的時代多數女孩子能夠讀書，人們對女性的婚姻、生育看法較開明，但傳統的家庭觀影響乃深，認為「女大當嫁」，女人是必然要生育的，是神聖而偉大的天賜於女人的使命，女人嫁不出去或不會生孩子會受非議，甚至被嘲笑。

（二）職業女性生育的辛苦

二十世紀中期，新中國已有不少女性就業，走出社會。這無疑是社會進步，男女同工同酬，女性受高等教育增加，有志向，有不凡貢獻的女性突顯在社會各階層中。

我陳家二嫂青年時是從緬甸歸國華僑，回國求學，正當是國內戰爭時期。在廈門解放時，二嫂參與保衛電台的戰鬥，留下可頌的功績！解放初（1952年）她畢業於廈門大學化學系，並服從國家分配，到大東北開發建設中，在齊齊哈爾某兵工廠為科研幹部。同年，我二兄畢業於廈門大學物理系，亦服從國家分配奔赴大東北，在哈爾濱軍事工程學院任助教。由於同是南方去的校友，他們相互關照而友情加深。

我二兄有次在軍訓中被別人走火槍彈射傷腳部，造成粉碎性骨折，幸好得到蘇聯醫學專家治療，因手術住院時間長，在二嫂的關心照顧下，他逐漸康復，倆人也定婚，為怕遠方的父母家人擔擾，待痊癒後才稟告真實情況，並決定南

下返家和二嫂完婚，腳患引起跛行。他們乘長途火車，（當時僅有「慢車」）從大東北返回廈門集美，我的父母親人莫大歡喜。我見到一位開朗美麗的黨員二嫂。

二嫂很尊重我的父母親和疼愛我們這些弟妹。她對二兄的關愛深情使父母親極大寬慰。大東北到廈門這一南一北的往來在當時實在不容易！

婚後他們又乘長途火車返回大東北工作崗位，不久來信並告知二嫂有喜的消息，全家人都非常高興，期盼新生命的誕生。

二嫂是化學系畢業，身為兵工廠的科技人員，有次實驗室「火警」，她不顧有身孕，搶救過程緊張而勞累，而且因條件限制，她缺乏周到的產前檢查和休息，直到臨預產期才乘火車，從齊齊哈爾回到南方的廈門集美婆家待產，並因工作繁重他們早已計劃誕下的幼嬰留在集美由我母親操養。

不久，在集美醫院順產一瘦弱的男嬰，微弱的啼哭聲，是患嚴重的先天性心臟病（「法樂氏四聯症」），小男嬰吸乳時氣促臉變紫，每次都進乳少，餵得很久。看着幼嬰的痛苦，已卅多歲的二嫂心疼流淚，一慣頑強性格的她初為人母，卻變得脆弱了。在自己幼弱孩子面前，俺飾不了母性的仁慈心。因傷感，產後也休息不好。那時女職工產假有56天，她為了革命工作，拖着疲乏的身體起程搭上這長途火車，奔向大東北，揮淚告別了病孩！

家人都理解二嫂的心情，我母親請了保姆日夜輪流細心

照顧幼病嬰，每次喂乳極為困難，小心呵護，小嬰仍不長進，那痛楚微弱的啼哭聲傷透了每個親人的心。那時醫生斷言，嚴重的心臟病難存活，通知家人做好思想準備，父親百忙中也以書信告知遠方的二兄、嫂。

終於不到四個月，侄孫夭折了。當二嫂得到消息後大哭了好幾天。

再過一年後，二嫂足月懷胎，仍從大東北返回集美家中，這胎在鼓浪嶼醫院分娩，誕生一健康男嬰，這時她已晉升工程師，工作負擔大，嬰兒仍留下由我母親和保姆操養。為了事業，她準時返回單位，生了個健康可愛的男孩，真是幸喜，兩年後，二嫂第三次返廈順產第三胎。此後，她是位有兩孩子的母親，她認為有事業也必須有家庭，有後代才不悔此生，為繁涎生命，她盡了女性的本份！

我二嫂是廿世紀職業女性的典範，她很能幹，有情感的女強人，她事業傑出，而家庭美滿。

廿世紀中期，中國的職業女性比一般女人更辛苦，因工作的需要許多夫妻不同地區或就近工作，小家庭分開是常見的，生活帶來不少困難，而且處在糧、油定量，票證時期，即使同單位，也要去單位的大食堂打飯買菜，要自己縫小孩衣服，職業女性除工作還要顧家庭，實在繁忙，但在困境中，她們堅強，還能固守着生育是天職的傳統觀念，為繁涎生命，為家庭的感情融合不惜代價的付出。

2015年9月

二嫂周珠鳳（後站左二）和二兄陳燦中（站右二）從大東北返集
美完婚（1957年12月中旬）在集美植物園和父母親、弟妹留影。

陳村牧（坐右），傅麗端（坐左），陳恆中（後右二），陳鏡中
（後右一），與二兄陳燦中，二嫂周珠鳳（後左一），陳呈（前
右），陳洋（前左），留影於集美1965年秋。

雪姐

　　當寂靜時，我思念着雙親，惦掛着親人……常常惦念年長我十歲現居住在廈門的雪治姐，我從心底裏升起一股樂滋滋的情愫來。雪姐那誠實開朗、純樸而憨直的性格讓人很易親近，她是位歷盡風霜的普通婦女，是我們的好姐妹。

　　記得某年我在山區任醫，正下放到一偏遠的鄉村，自己無法帶小女兒在身邊，因此請她幫我操養。約定她和鏡妹親臨鄉村抱小女，當她進入我住的山區大隊時，剛垮入大門就大聲說：「阿肥（我乳名），你怎麼住到這地方？！」顯然她驚呀環境太差而憨直的口為心言，似乎憤憤抱不平。她和我妹從廈門集美特地來，先是乘坐山間長途汽車，又走山路辛苦拔涉，才尋找到我的住地。

　　為了趕路，很快她和我妹抱我的小女回縣城了。

　　工作組長老陳正經地責問我：「咳！怎麼這種教師人竟然說出這麼沒水平的話？！」，我格格發笑：「你以為她是教師？她沒認識幾個字，唯有敢說真話！」

　　雪姐外貌端莊，氣質高雅，親切開朗，直言爽快，我很幸運有這樣的好姐姐。

提起雪姐的身世，確有獨特之處，我們人的品格是在環境鑄造中成長起來的。

（一）

外祖父傳錫琪六十壽辰後，因咳嗽體弱（可能是肺癆？）醫治無效，逝世兩年後，日本侵華，故鄉金門在一九三七年十月二十六日淪陷。鄉親離鄉別井到南洋的甚多。三姨（我稱她阿姑）帶外婆去南洋會舅父。經一段時間後，外婆因水土不合要返回故里。阿姑孝為先，放棄已考入昆明「西南聯大」升大學的機會，陪外婆回故鄉金門。在淪陷區她管理家園和兼任教小學堂，和鄉親一樣過着艱難的日子。祖母因長期營養不良，體弱多病，阿姑承負重擔。

鄰近有戶多子女貧困農家鄉人，悉知我阿姑「傳先生」為人很好，將自己六歲女孩送阿姑，阿姑為女孩取名：傳雪治，並視她為「書童」「養女」，雪治聰敏，勤快，親近阿姑，主動家務和照顧多病體弱的外婆。

阿姑經常要出外辦事，如果恰有來客到家時，年少的雪治怕羞不敢問來客姓名，但靠她的細察和好記性，等到阿姑返回時，雪治把來客外表舉止言行等描述得一清二楚，阿姑笑聽她敘述而樂在心裏，明瞭來客何人，也十分讚賞雪治乖巧。雪治快樂地陪伴阿姑勝過親生父母，她照料久病臥牀的外祖母告老，她當自己是傳家一成員。

抗戰時期我們一家跟父親一起隨集美學校搬遷入山區安溪，按校主陳嘉庚的辦學宗旨：教育救國而堅持辦學。外婆在故鄉是一九四二年夏離世，我才剛出世三個月，父母親未能返故里奔喪。

抗戰勝利後，我家又隨學校搬回集美。一九四六年暑假，父親抽空和母親帶我們全家回金門。從此我踏上故鄉的土地，開始親近了三姨，認識了雪治姐，母親說我和執弟要送給三姨培養，因此也稱三姨為阿姑，在中國傳統稱謂裏，「姑」是比「姨」親近，阿姑也稱我為「侄女」。

阿姑為了適應新制學校以便實現她終身以教育的理想，她決定要升大學深造。因此帶雪治離開金門來集美我家，雪治稱我媽為「大姑」。阿姑先以「同等學歷」插入集美高中三年級，獲得了畢業證書，有此證書才能報考大專學校。她考上「福州師專」（後改為福建師範學院）。並讀了三年以優異成績取得了「文憑」。一九四九年初返回金門故鄉「金門中學」任教。直到「內戰」烽火燃遍全國，金門也成了戰爭前沿，阿姑隨戰火中的鄉親移居台灣，仍以教育為謀生職業，。她忠誠於教育事業並有傑出貢獻。此後，我們家和阿姑離別了，兩岸同胞分離，但親人思念故土情愫永不斷！

（二）

雪治姐一直和我們相處如姐妹，她是大姑（我媽）疼愛

知心的得力助手，她個性風趣可親，和她玩耍很快樂。

她十九歲那年出嫁，阿姑還從海外特寄賀禮，丈夫吳祖城曾是集美學校職工，後調在國營百商貨店任職，成立小家庭離我家不遠，婚後生育一女二男，家庭和睦。我們的家成了雪治的「娘家」了！

雪治常抱孩子回這「娘家」，幫母親家務。她的聰明敏智，每每收到外界訊息，由她直爽風趣表情送來不少「新聞」，那時家家門戶開放，閒來我家坐客泛聊的鄰居不少，沒電視，沒電話的時代，小鎮消息全靠人們口頭傳遞，這當中女人的作用很大，所以雪治來我家是最受歡迎的。全家充滿濃鬱快樂的景氣。

前坐：母親傅麗端，後站：陳素中（左），傅雪治（右）留影於八音樓六號，1998年夏天。

我大兄、二兄早年畢業已遠離住家到國家分配的工作單位，雪姐和姐夫吳祖城是就近親人般地和父母來往，每當過年過節，祖城兄一定送禮來答謝長輩。過年過節時雪治一定來幫忙，那時代，所有的生活用品（製品）、食物加工都要自力更生，市場上沒有交易。

　　祖城兄在國營百貨商店工作表現好提升任經理。由於五十年代政治運動多，有某些心懷不軌的人以報復陷害，抓住吳祖城一句話而無限上綱，打成「右派分子」，不加分辨地「戴帽」後送去閩西北的勞改場接受改造。

　　雪治姐受到忽然的打擊，丈夫沒工資，她要帶着三個孩子生活下去，一位弱女子幾乎崩潰了！

　　我母親把雪治母子接到我家居住，雪治將最小（一歲）的兒子送到內地安溪縣夫家，由大伯娘幫操養。雪治才有辦法做工兼顧另兩個孩子，她每日為附近的教員家屬到井裏挑水，按月有少許收入添補家用。忽然的困境使她體力和精神受到從未有的衝擊，咬牙過艱辛的日子，困難磨礪了她的意志，我母親是她至親的依靠，堅定她勇敢生存的意志。

　　大約經過兩年後，丈夫吳祖城在勞改場森林砍伐工作時被蟲咬或「毒氣」入侵，滿身長出鱗皮癬，當地領導將他送回廈門醫院治療。住院醫治甚久，經過一段時間才好轉，感恩蒼天賜福！一九六一年政策落實對他平反，宣佈無罪，恢復了工作和薪金，雪治和孩子們重現合家平安溫馨。

　　在丈夫被委屈的歲月裏，雪治終煉就了堅強，深感親人

對她的愛，這正是她平時誠篤為人，有良心，愛親人的好報。大難過去了，她仍然天天來幫大姑買菜，那時憑票供及時代購買時也要去排隊，而我們兄弟姐妹多，又要上學或遠離家在外面工作，母親操管這大家庭，所有的吃、穿都靠自己，為每日三餐，家家都是忙碌，如：到井裏挑水，劈柴煮飯菜，自己到店裏買布，裁剪、縫紉，還有在自家附近空地上種些青菜，自己醃咸菜……，每逢節日，沒辦法回家的老師、同學、鄉親來我家吃飯，更是忙得不可開交，我們小孩放學回家也都要幫家務活。那時製造業、服務業差，人們生活全靠自己動手。幸好我母親是「女紅」巧媳婦！

（三）

上世紀五十年代時，我母親在市婦聯推薦下走出家門參加社會義務工作，被鎮選為婦女會副主任和居委會調解主任。家庭要跟上社會的進步，母親更忙碌，雪治是母親最得力助手，我們都視她為親姐妹。

「文革」初期，身為校長的我父親被掛牌批鬥，並進「牛棚」，最初造反派允許家屬送飯，雪治的十一歲小兒帶我的七歲侄兒提飯菜給爺爺吃，兩小孩常被看門的紅衛兵侮罵，並翻攪飯菜，而雪治自己仍每日到我家幫「大姑」買菜等家務。有次正碰上造反派抄家，逼我母親交代，剛到的雪治又被訓斥一頓，但她理直氣壯，不怕威脅，言自己要幫大

姑家務。

那時許多鄰居以及個別親戚都不敢來我們這「黑幫家」。但雪治忠誠自己的親人，不違背良心，不說假話，儘管她文化水平低，但她人品高尚。

改革開放後，糾正許多錯案。她幾個孩子爭氣有出息，小兒和兒媳到香港謀生。丈夫退休後曾和她來港探親。她操持孫兒女，也常來我家幫忙，「大姑」的家已成她的「娘家」，她勤勞愉悅地過日子。

（四）

在一炎熱暑夏下午，突如其來的厄運打破了寧靜的生活，真是「天有不測風雲！」丈夫祖城在家附近的斜坡路上，被後面急駛而下的電單車撞倒，被路人送往醫院好心人來報。雪治和親人趕到醫院，（此醫院離家很近！）已告祖城無治送入「太平間」了。（因撞得太迅猛重傷在頭顱！）人生老病死本是自然，但這突發的厄運致雪治暈過去，當醒來時控制不了情緒幾乎要從窗口跳下，幸虧我母親已派陳家的媳婦守護着她。經過相當長時間，在親友的關心勸慰下，雪治恢復理智，勇敢地面對現實。悲情洗劫使她堅強起來，她的兒女等家人尊重她，合家安定可慰！

在她步入古稀齡後，女兒患上「腎病綜合症」，進而加重而靠「洗腎」維持生命。女婿因任遠航輪要職常常遠航海

外。女兒護理重擔落在她身上。她幫上醫院取藥，三餐飲食等家務，而每日要上下居住在高層（六樓）的樓梯，這種護理生活漫長達四年之久。雪治的膝關節過累退化，然而終有一天，她白髮人送黑髮人的悲劇來臨了，她悲痛哭泣共同生活多年的愛女。她操養的外孫女那時正好大學畢業後完婚並任職語文教師，外孫女安慰和決心要成為雪治的依靠。

外孫女和雪治有深厚情感，孝順已年邁的外婆。但這打擊對雪治非同小可，她不甘和不理解人生世道如此殘酷，可是親情關懷着她，讓她又一次在困境中堅韌不屈地站起來，隨時間逐漸地消磨悲情，雪姐堅強地活下來。

（五）

在我母親晚年時，雪治依然盡心盡力來陪伴「大姑」。2004年底九十五歲的老母親辭世。2005年5月，我和廈門幾位兄姐妹七人要赴馬來亞見三姨（我稱「阿姑」），也幫雪治辦手續，讓她見分別幾十年的阿姑，了卻心願的高興，是她此生中最快樂的一件大事，此時她七十三歲了。

在馬來亞檳城菩提中學任校長廿載的三姨已年滿退休，並走進社會弘揚佛法，曾獲「拿督」殊榮，這年我們七人見她時已是九十歲高齡。

雪治含淚見阿姑，敘真情、聽教悔，她苦訴自己人生「苦命」，問阿姑：「我好心怎麼沒得到好報？！」，發洩

41

傅雪治在吉隆波留影，2005年5月。

由左至右：前坐：傅晴晞，陳素中，後站：陳鏡中，傅雪治，陳靜中，陳履中，王錚然，陳美卿。（2005年5月在檳城）。

心中憂鬱情結……

阿姑以校長和親人心懷耐心剖析「因果定律」，報應有早有遲，正如種子下地，有三、五個月結果，有的十年八載才成熟……，應堅信：善有善報，惡有惡報，自己要多種善因，必然會結善果……

雪治聰明，頓開醒悟，心情也舒暢了！我們還見了馬來亞的舅母和所有表弟妹，享受親情的溫暖，品嘗風味美食和親人熱情款待，每個人眼界拓展，心胸也豁達了！

（六）

雪治步入八十歲後，因膝關節退化病變厲害，在醫生建議下先一邊行置換關節術，手術順利，但因她長期營養差，體質弱，心臟供血不足，術後恢復較慢，但她堅強，忍痛行走，不呻吟不叫苦，讓同房患友稱讚，聽醫生的囑咐，堅持術後鍛鍊。最後強健起來，這兩年來，她仍和外孫女同住，做家務，還多次和我們搭船往故鄉金門遊玩，她返回童年快樂的故園是那麼高興，講着童年和阿姑在一起的故事，她重返那純潔無邪的少年時代，和她一起遊故園以及聽她和鄉親愉悅交談，我們跟着快樂的歡笑！

「人有千種，世有百態」，每個人的性格與素養和環境有關的。雪治從貧困家庭出身由父母送給傅家，她「認命」，她心地善良，不埋怨自己父母。而阿姑視她為女兒培

養，長輩對她的「愛」滋潤着她成長，而她視身邊的長者為至親的父母，因此造就她忠孝，誠篤的人品。

　　識字不多的她堅強、豁達，坎坷人生路磨礪她，在她身上看到許多中華民族優秀品德。雪治是我們的好姐姐，永遠值得我學習和敬重的！

由左至右：王錚心，傅雪治，陳鏡中，陳素中留影於金門太武山前，2016年4月6日。

左至右：傅雪治，陳素中，陳鏡中，在故鄉金門留影，2016年10月23日。

八十四歲的雪治表姐（前坐右二）和弟妹們會聚在金門（金瑞商旅飯店大廳），2016年10月22日。

前坐：傅雪治，後站左：唐翔，右：陳素中。2011年10月。

46

堂妹圓中

　　臨解放時，我父親身為集美學校負責人留在集美「護校」，我們和母親搬到廈門住五叔家，那時五叔經營「肥皂廠」。在我七歲童年印象中，我們兩家和睦相處，五叔五嬸疼我們。直到集美解放後我家才返回集美定居。

　　那時見五叔身材與眾不同，個子特別矮格，但很風趣、笑容慈祥，很多人都尊重他，我知道他很有本事、為人很好。

　　直到年青時，我才從父母口述中知道五叔出世在金門故鄉時已是「先天不足」，五歲才能走路，跌倒易骨折，但他非常聰明可愛，九歲能在祖父創業的「陳寶益」飾店坐「櫃台」，顧店面，招呼客人。那時父親到集美學校讀書，四叔管店「賬」，因祖母早逝，祖父晚期病重，大家庭由七嬸婆主管，四、五叔和伙計幫看管「店」。父親的三男三女兄弟姐妹很和好。抗戰金門淪陷，各家和鄉親一樣離鄉別井，多數出洋。

　　抗戰勝利後我們家隨學校從安溪山區搬遷回集美定居。隨着新中國成立，父親的姐、弟各家又回國定居在廈門、集

美。我的青少年在集美度過，那時我們和五叔兩家來往也很密切。

中學畢業後我考上福州的「福醫大」，當時交通較不方便，乘火車從集美到福州須18小時以上，乘長途汽車須十小時左右，但比較不累。汽車起點車站在廈門「美仁宮」早上七時開啟，較近廈禾路五叔的家。所以每每放假結束要返回學院時，我就在前一天下午從集美乘渡輪達廈門，到五叔家住一晚，五叔五嬸待我格外親切，樂融融地相處一晚和用餐。

這時，五叔家裏已有一位5歲的堂妹圓中，她體格和五叔一樣，矮個子，大眼睛漂亮可愛的顏貌，笑得很甜，但她常躺在自己的小牀上，常聽說她又骨折了，無法像正常小朋友玩耍，但很聰明。我讀醫科幾年後，才知道，五叔和圓中都是患上遺傳病「軟骨形成不良症」（Aehondzoplasia），特點是長骨發育差而致體格矮，但智力和生育能力是正常的。

五叔聰明而自強不息，樂觀豁達，他是商界中誠實有成就的人，很受人們尊敬。後來轉為國營的技術幹部直到退休。他的幾個子女都聰明有出息。五叔告老後，圓中和五嬸都由兄、嫂合家相互關照。

上世紀八十年代，我獲準攜子女到香港會親，臨走時特到廈門告別五叔、五嬸，那時五叔已體弱病重在牀，對我一番祝福語，依然開朗和尊長風範，他們一家已信仰基督教，精神是安祥的，次年離世了，我和五叔的告別成了永別，但

在我印象中，他是位非常樂觀堅強、尊重生命的好長輩。

隨着改革開放城市重建，廈禾路的居民因拆遷而搬離，五嬸一家搬遷到現在的居所，因早年沒設「電梯」，他們住在高層的六樓，年老的五嬸和先天缺陷的圓中無法自己上下樓，而兄、嫂為謀生常出外打工，圓中聰智足以管理五嬸和自己，她們一家接受現實也和睦生活，相互照顧過日子。

我雖然對圓妹並不陌生，知道她生活諸多不方便而仍然快活地生活着，她學習了不少知識，但我卻很少了解她心靈感受，我中年才到香港，為家庭為自己奮鬥事業，回廈門是探望雙親盡兒女之責，確實「自顧不暇」的情景，總有種種的理由而甚少關心圓中妹。我年滿退休後，較常返廈，也抽空探望五嬸，見到堂妹圓中那愉快甜美的笑臉讓人同情和憐惜。

圓中是靠着手抓小凳子移動步伐，因市面上沒有售適合她坐的輪椅，她料理自身，還照料臥牀的年老母親，她聰明，可判斷甚麼意外情況才呼親人或有關人員救援。

光陰流逝，諸親尊長都離世了，我們此輩兄弟姐妹都逾半百年紀。圓中隨歲月增遞，有了成熟人生哲理，但她處在更年期後，增加不少病痛，她要比正常人更加堅強的意志克服病痛。

2014年10月我在廈期間，北京返廈的履兄和鏡妹約一同去探望圓中妹。臨上樓前鏡妹按照預約打電話給圓妹。當我們上到六樓按她門鐘時，立即開門，迎來了她那甜蜜少女

般的笑臉。我們跟隨着她一步一拐地兩手挾持兩個櫈子帶路步入她房內。見她睡牀上端擺放着電腦，我們坐另張相對面的小牀，暢所笑談，我要更深入了解她的生活情況。

「阿圓，你沒上學過，是怎麼識字的？」她答：「在我廿多歲時，因牧師來家裏為父母親祈禱、傳經，我才開始學讀聖經，見到不懂的字，學查字典，逐漸才認識不少字。」她說十幾歲開始學手藝，先學繡花，再學縫紉，裁剪。今天她穿這套裝是自己裁剪縫製。

她生活方面面要靠自己創造條件克服困難，到了近幾年她已能用電腦，她看到世界上還有比她更困難的人們勇敢地戰勝生存上的困境。

我問她最大的安慰是甚麼？她答：「最大的安慰是自己能夠伺候父母告老，盡了孝心！」她的盡孝，感動了我們。

觀察她言行舉止，很快樂，她說現在政府對殘疾人有補貼，教會姐妹常來家裏幫忙、關心她，還有自己的兄、嫂也很盡責，而且王錚心（我大姐之女）常幫她買送食品，幫她克服行動上的不便，她感恩上帝賜給生命，要好好活下去。我說「從醫學角度，你能來到世上走一趟是幸運兒。因為胚胎發育中異常未能成小生命，必然遭到自然流產了。我們沒辦法追究祖宗誰帶此遺傳基因，但能生存下來就是幸運！

阿圓理智明瞭我所述，她不怨天，不尤人，她孝順父母，而且盡量不增加別人的麻煩。她把有限的生命發揮到最大值了。以她堅強生活意志鼓勵人們尊重生命，這就是她的

貢獻！

我們探望她不是單方面的，我們給她慰藉也獲得更多的人生感悟。我們學到了一種生活態度，當你遇到甚麼不幸，都應坦然地接受，不埋怨，不介意人們議論如何，保持誠信的品格，擁有慈悲的心懷，堅強勇敢地走下去。

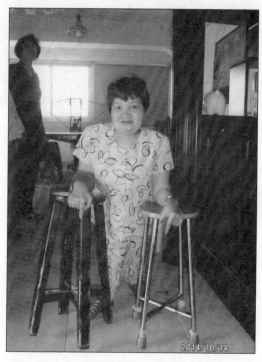

堂妹圓中穿着自己裁剪和縫紉的套衣服，靠持兩椅行路。（2014年10月14日留影）

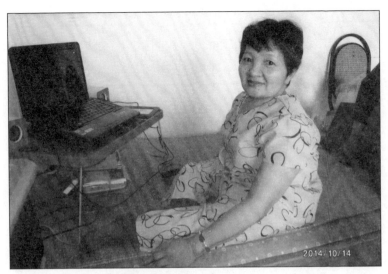

堂妹圓中坐在牀頭電腦枱前留影。（2014年10月14日）

陳履中（右），陳素中（左）和堂妹陳圓中留影。（2014年10月14日）

陳素中（左），陳鏡中（右）和堂妹陳圓中留影。（2014年10月14日）

甥女王錚心（右），王錚錚（左）和堂妹陳圓中留影於2015年10月9日。

教嫂

　　每逢農曆新年來臨，我思念和父母一起迎新年的日子，追回那童年時代盼過年的愉悅，春節喜慶的熱鬧氣氛……，也想起一位共同生活十多年的保姆「教嫂」。

　　抗戰期間集美學校搬遷進山區安溪、大田堅持教育救國，一九四五年底抗戰勝利後才遷回集美。我家隨着父親搬遷，當時父親任董事長，主持學校堅持上課，在安溪縣生活了八年之久，學校教職員工與當地民眾建立了深厚的情感。我出生在那戰爭歲月裏。正當我家隨學校遷返集美時，有位安溪籍職員郭晉安先生介紹「教嫂」幫我母親整理家務。那時我們兄弟姐妹六人，還有位老長輩「七嬸婆」同住。郭先生推薦鄉親張教的內人到我家，教嫂自己沒生育，有個丈夫前妻（病故）的兒子。

　　中年的教嫂個子中等，梳髮髻，白皙扁圓顏面上常掛笑容，前額正中一粒紅色「珠紗痣」，一對雙眼皮咪咪笑的眼睛，體材豐穎，除了農婦裝飾外，看不出是幹粗活的「苦命人」。她丈夫張教是忠厚憨直的樣子。我們和教嫂相處得很快樂，她脾氣好，我們小孩子怎麼「耍弄她」，她都展現出

54

咪咪的甜笑臉孔。

當我5-6歲時，我家住在近航海水產學院一座兩層樓紅色磚牆的「校董厝」，小孩和父母親都住樓下，二樓住大兄、二兄和不少海外親人的子女，他們都是大哥哥。因大家庭人多家務忙碌，兩位鄉下親友沒能力栽培讀書的大女孩也到我家幫忙，她們像我們的大姐姐，幫我們洗澡、更衣，帶我們上學校。

有次麻疹大流行，大家庭中多人感染，統一隔離在樓下「後房」，吃、睡一起好幾天，小孩只會玩、鬧，每餐都由教嫂送飯菜、湯水進來，我印象中是真好玩。可親樸實的教嫂常被大家玩弄。

有晚大姐姐們都有空正在二樓大廳休息坃樂，不知哪位請教嫂坐上半躺靠背的前後搖動椅。教嫂躺下連連說：「很爽（舒服）」，幾位大姐姐為她前後搖椅，教嫂笑個不停，隨着「慣性」椅愈搖蕩得愈高，她又驚又喜，忽然椅往背後翻倒，教嫂被椅蓋着扒伏在樓板上。大姐姐們才有些驚恐上前扶她起來，幸好沒損傷，引來大家笑得流出淚水，教嫂也跟着大笑。那時大家狂歡沒有「危險」意識。

一九五〇年底我家搬入教員宿舍八音樓六號，母親開始由廈門婦聯推薦參加社會義務工作（鎮婦女會和居委會），教嫂已五十歲的人了，她仍幫我們理家務，有兩位「大姐姐」出嫁了。那時代社會正推廣「掃盲」運動，我們姐妹也參與，大、二姐白天上課，夜晚兼掃盲班義務「教員」，我

是少先隊員，有空時站在公路旁教來往的行人識字，在家裏，我教「教嫂」認字，窺視她做家務稍休息的幾分鐘要她跟我唸字。甚至她在洗衣服時，當時用大圓木桶盛水和放「洗衣板」手洗搓衣服，我亦命令她邊洗邊動嘴、眼讀字，她讀得眼皮垂下來了，我不準她合眼，我是真心地教，不理解她的辛苦，奇怪的是她從不發怒，不介意我的嚴厲。如今想來真好笑。

大概我11歲那年，有次放學回家，路過別人家門前時，見到一群人進進出出，議論紛紛。我也好奇擠入人群強鑽進那家門，入內房見到一滿臉被燒灼的、披散亂髮，而且嚇人的難看面容的婦女，我嚇了一跳馬上退出擠出門，喘着氣急跑回家。到家後我不敢對阿母說而大喊教嫂，要她陪我進已黃昏較暗的「後房」，那時沒「電燈」，我很害怕對教嫂說被嚇情況。教嫂摟住我，安慰我，這晚教嫂緊挨着我睡覺。次日才知道是惡毒的丈夫殺死妻子後又撥汽油燃燒。後來此丈夫被人民政府宣判死刑。

記得有次調皮的4、5歲小弟鬧別扭觸怒了大人，母親正忙家務，從來不打孩子的父親發怒拿起小籐條打小弟，靈活的小弟逃避在教嫂背後，父親發抖的手每每揮起籐條都打不準小弟，小弟團團轉躲開，而籐條都落到教嫂的小腿上。等一陣後哭鬧的小弟靜下後，教嫂偷偷含笑對我阿母和在場人說：「先生公手抖顫，沒打到小孩，每下都打到我小腿」，大家聽得抱腹大笑，教嫂實在太慈善可愛了！

每日三餐，我們小孩和爸爸圍着大圓桌先吃飯，吃完了才輪到阿母和教嫂上桌吃，最後吃剩的菜餚，教嫂不讓阿母丟棄，她在餘熱的鍋裏再滾一下然後收藏在灶邊的一瓷罐裏，那時沒雪櫃，剩菜要經常翻煮，到了過年前，媽媽讓她回家鄉和親人團年。

到那時已收集滿滿的剩菜如「雜醬」似的，她就帶回家鄉。此外，還收集我們小孩的舊衣物，一些空盒子，瓶罐之類，所有的廢品都是不捨丟掉，（當時沒有塑料製品），沉重的「行李」一擔，在年內臘月28天未亮她就挑着沉重的一擔出發了，自己一人行走過同安縣，再爬上進入安溪的大「東嶺」，翻過這有土匪搶劫的大山才到安溪縣城。據她敘述，當爬山越嶺太辛苦時，只好丟掉些瓶罐減少負荷，丟一個又丟一個，捨不得全丟掉，如果遇到土匪時，告訴土匪她自己是苦命辛苦人，後面有「番客」，土匪見她老實人放過她。

回到自己家鄉後，鄉親當她如「番客」看待，她把整年蓄積的這些「雜醬」，每人分兩匙，或送些舊衣物，瓶盒給來訪鄉親，村裏窮苦人還很多，她做了善事非常高興，每次過年後再來我家，看她已瘦掉一層皮肉，但她很滿足自己可以出來城鎮打工，鄉里人很羨慕她。

那物質缺乏的時代，家家都儉樸生活。每天我們背着媽做的布書包打着赤腳上學去，放學回家要幫家務，到屋外的空地種菜、澆水，假日幫醃菜，自製的豆豉、咸菜是主要三

餐配粥的餸。媽媽是大家閨秀，她能繡花、裁衣、縫紐，有一部手搖縫紐機是娘家給的嫁妝，一家大小衣服是她縫的。她還會做許多當時市面上沒有的茶果、糕點，每逢過年過節，我家要做很多美食品才足夠分送親友、鄰居和自己大家庭，這些「細活」常有雪治姐幫忙，我們姐妹個個動手。而「粗活」，如到井裏挑水，劈柴，洗衣全靠教嫂了，那時代為三餐的繁忙要勞累好多人。

一九五七年「反右」後，各單位加強政治工作，行政領導必須由黨員做第一把手，「集美學校校董會」改為「委員會」，主任由黨員擔任。父親是民主黨派人士，徹消了「董事長」而調到集美僑校當副校長。母親因要「操孫」也減少參加社會活動。領導動員我家不宜再請「傭人」，教嫂只好離開我家。媽為她介紹給仍是安溪籍的在集美讀書而自己租房的僑生，幫他搞清潔工作。此活她很滿意，有空閒時還來探視我們，幾年後她返鄉了。

我一九六八年秋分配在安溪縣工作，有次途經教嫂所屬的公社，我特地到她家鄉探望她，她蒼老好多，丈夫及兒子、媳都融洽，見到我還是那樣眯眯笑，她那扁扁甜甜的慈祥顏面和前額正中紅痣增添她與眾不同的光彩。我們交談得很親切。

我懷第二胎的預產期是1972年春，媽媽很同情我第一胎在鄉下分娩很辛苦，那時還特派鏡妹幫我「坐月子」，認為這次要好好「坐月」，把身體調養好，因當時職業女性最

多是生兩胎，媽媽疼愛女兒的心可理解，因此決定在集美分娩和娘家坐月，母親照顧我並請來教嫂專門貼身關照我。

分娩開始那早上，教嫂陪我入醫院，因胎兒較大，分娩時產道損傷厲害，醫生處理後我已精疲力盡，躺在牀上無法自己移動，起坐喂哺人乳和自己進食全靠教嫂扶我，她為我擦洗、按摩腰背，出院後在家裏，她又幫了一個多月，像母親一樣貼身地照顧我，真是難得的緣份！

教嫂對我家，對我雙親的真誠相助，對我如母親般的疼愛我永遠記在心中。「真情」是假不來的，而假仁假義是做不出真情來的！這在長期的相處中必然體驗出來。

教嫂是位勤勞善良的農村婦女，在那時代當「後媽」而自己又沒有生育的女人是苦命的。但她身上閃爍着中華民族優秀傳統有如「苦菜」一樣的人生，卻盛開出金黃的苦菜花！

追憶柯仁慈同學

　　我的人生已走到了喜歡回憶的歲月。回首遙望，茫茫的霧海中浮起了學姐柯仁慈的慈祥而甜美的笑臉。

（一）

　　記得廿世紀九十年代初一個春光溢滿的日子，我參加廈門地區福建醫科大學同學會，是別離已久的同學重逢聚歡會。

　　一早我從集美住家乘車到廈門聚會點，已有同學先到，久別的同學似曾相識但又覺得陌生，一會兒迎面進來的是甜美笑容的柯仁慈學姐，她仍然是那麼柔和聲調呼我：「素中」，我則激昂興奮地呼她：「仁慈！」，聲未落地兩人相擁抱，這麼多年了，終能親熱再見，我見他多情的眼睛含蓄着淚花！

　　同學們陸續到齊了，大家慢慢地相認，心裏累積多年的情感湧現到顏面，難以言喻的表情讓人感觸萬分！記得當年的「文革」將我們年青人推上「戰場」，派性對立，被利用

而「人鬥人」，直到畢業分配時（1968年夏），已來不及修復遭蹋而粉碎的友情，人人不告而辭奔赴基層、農村醫療單位。荒誕歲月消逝了，我們又經歷為事業艱辛奮鬥的歷程，勇敢地走着人生路。

仁慈學姐和我坐身旁，我們不停地細語……，我們是大學三年級認識的，因她病後復學才編入我班，年長我兩歲，已婚，我們同閩南人。她大姐般地關心我，在那強調「階級鬥爭」的年代，我從小多病，體格脆弱，小姐氣也較濃，而和她在一起總覺得很舒服，她像姐姐般地貼近親切關懷我。

大約經幾個月後，我發現她臉上有幾份沉重，像有說不出的心事，後來知道她有身孕了。一九六三年的高校正實行「三不」的規定（不準談戀愛，不準結婚，不準生孩子），同大班裏有位女生早已和同班男生談戀愛並兩家長已允許，但意外地懷孕了，肚子愈來愈大才被發現，結果學校把男生被開除，女生被處罰在本院大食堂當雜工。

仁慈姐當然也是正當結婚，但意外的懷孕仍然是犯法的。她家的親人不能接受特意去「流產」，要順其自然生下來。仁慈姐希望能懷孕到暑假時間分娩。此事我和同班的女幹部耿霓知道，一方面安撫她，我拿出海外寄來的花布剪一件較寬的上衣送她穿，極力俺蓋逐日增大的肚子，另方面她向上級交代檢討，那時大班輔導員干美月也還通情達理，不敢再逼她。

有一天，（仁慈）忽然腹痛，急入福建省婦幼保健院，

結果是胎兒「早產」，還因胎兒太脆弱而無生存能力。當我和耿霓去探望她時見她很傷心，覺得她的早產可能與精神壓力和體質差有關。為了怕造成不好影響，我們也不敢讓其他同學知道，安慰她保養身體。

文革期間，我們共同度過那動盪的日子，在我也受到精神上衝擊，受到冷漠時，仁慈姐如親人般地接近關心我。她很寬容大度，有愛心，她的言行正如她的名字一樣的仁慈。

1968年大學畢業分配，我們服從當年中央規定全部到基層、農村、軍墾農場……我被分配在閩南山區，柯仁慈分配在閩西山區，因她夫君許先生也在那裏。

一九八〇年我小家庭到香港會親，那時她和許先生已申請回閩南，安排在集美大學「體育學院」，許先生是傑出的教練。仁慈則在院部的醫療所當保健科醫生，自己一直未再生育而收養了「棄嬰」，一家三口和睦過日子。

在九十年代初單位派她到省府進修，為期一年，當時離開時她知道許先生常有胃痛，按胃病服藥，半年後未見好轉，故進一步檢查確診為胃癌晚期。

這突來的不治之症使她痛心和內疚，自責是因外出離家沒注意丈夫的身體，在丈夫重病期間，她做為醫生，盡心盡力、無微不至地照顧他，感動好多朋友。許先生對疾病的鬥爭也表現得很堅強，在離世後不久，廈門日報刊登了他們夫妻共同抗病，堅強生存意志和感情的報導文章。

這次廈門同學聚會，大家舒發重逢情深的心境，加深同

窗情誼並建立例會和通訊錄以便聯絡。大家道別但願後會有
期。

（二）

柯仁慈在中年時患上類風濕關節炎，除手指關節腫大疼
痛較劇烈外，還發展到全身關節，腰椎也疼痛難以持久直
立。上世紀末，又因她常感到頭痛，逐漸劇烈持久，經查診
為「腦腫瘤」。

為了減輕腦腫瘤引起的內壓升高和引起的腦壓迫症狀，
必須開顱切除腫瘤，開顱是大手術，手術過程雖沒危及生
命，但卻遇到難題，取出腫瘤後顱蓋無法復原，硬殼合不
來，（不能強硬合整！）手術醫生只好僅修復顱軟膜層，即
頭頂上缺硬殼保護。

記得當時我和另兩位女朋友去體院見仁慈時，我手摸她
頭頂，有種軟軟而有彈性的感覺，我是少見多怪，但我們都
是醫生，只是不同專科，相信顱外科手術醫生確實很棘手，
很無奈才結束此大手術了。仁慈每次洗頭髮時可要特別小心
頭頂了！

當我們見她時，她是坐輪椅的病人，到底是手術後遺症
或是原有的類風濕病所致。總之我們三位女友見此狀有說不
出的悲傷，而仁慈姐一直以燦爛的笑容聊談，總是表現得輕
鬆而樂觀，而我們愈是悲憫和同情她。雖然她常因周身疼痛

折磨和坐輪椅的種種不便，但這一切，都被她輕描淡寫地滑過一樣！

踏入二十一世紀初，我回廈門時又相約兩位好朋友去探望她。當時她已住入鼓浪嶼一間教會辦的療養院。我們猜想她養子能力有限才送她到這裏。見到仁慈的心情很好，講述是不願長年累月在家請人照顧，從教會了解這裏環境好，故將一筆定金投交後，自己每個月的退休金可以維持生活費了。這裏每周兩次有牧師來誦經祈禱，有專人護理生活規律。她還可以為別人讀報，講醫學知識，自己還修讀普通英文（因有時須用到）。她生活有寄托，人生有價值，可發揮自己的長處樂意幫忙他人。與其他患友有感情，多了好朋友，家人也常來。她感到滿足，好心態度日子，看她開心，儘管她雙手關節已嚴重變形，移動身體上牀仍困難，我眼淚往心裏流……，她還勸我們放心。

我心裏思肘着，仁慈姐曾經擁有愛情、家庭、事業，她一生經歷了「喪子」、「喪夫」的哀痛，她一生與纏身的病痛作搏鬥……她是一位心地善良、性格柔和、充滿陽光容貌的普通女醫生，她是這麼堅強，真是讓人佩服，這支撐的力量我想是來自信仰。

我臨走時送我著的《醫生之路》給她，她緊緊握我的手，鼓勵我信仰基督教。她慈祥地笑着說自己就是信了，心裏很平安，我明白她是真誠實意地愛我的話。

2009年我忙於陪女兒治療癌症而辛苦地奔波。很久沒

給她電話，她擔心我，而特打電話給廈門的同學問我的近況。後來，我知道後抽空給她電話。她用清脆柔和的聲音安慰我，並為我女兒祈禱，她惦念我，為我着急，我聽出她對生活充滿希望，她開朗、樂觀，她已經接受了自己的所有一切，心裏知足而平安。

直到我「白髮送黑髮」的悲情後，又經一段較長時間的沉淪，我終於也在親友的關懷下走出低谷。有一天，我忽然想起打電話給她，她療養院的有關人告知我：不久前她走了，我知道她解脫了，默默遙祝她在另外國度裏安息。

柯大姐的人生沒有太多光芒，她平凡而辛苦的一生，可是她盡責了，她平安。她留給我是那慈祥甜美的笑容，她留給我們的是必須和善、有愛心的人生哲理。

在生命裏，柯仁慈學姐擁有她自己的色彩！我慢慢理解她是這麼盡心、盡性、盡意、盡力的熱愛每一天，因為她相信：「世事沒有偶然，一切都是上帝最好的安排！」

陳素中（左）和柯仁慈（右）1995年2月留影於集美八音樓六號。

陳素中（左）和柯仁慈（右）留影於1996年2月廈門。

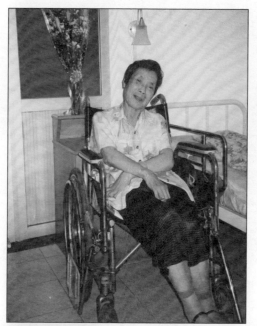

前坐：柯仁慈，施敏，後站：邱麗碧、陳素中留影於2008年夏鼓浪嶼療養院中。

那時代的鄰居情誼

童年的美好記憶永不消失，每當追憶母親時，常懷念着母親的老朋友。母親總是要我們親切地稱鄰居好友為姨、姑、婆婆，常聽她呼喚：「老姐妹啊，來坐噢！」多麼親切快樂！我留戀童年時代的住家環境，家家戶戶天一亮就暢開門窗，相互招呼，婦女們來往如姐妹般和諧相處，那清淡的物質生活孕育着人們純真樸實，情感的歲月。

（一）

校主陳嘉庚先生從廿世紀初致力為家鄉辦教育，把在海外實業經商的收益投入教育事業，以「教育救國」的宗旨聞名全國，是人們敬仰的愛國愛鄉僑領。

自校主1949年底參加新中國剛成立的首屆政治協商會後，定居自己的故鄉集美鎮。集美學校曾在抗日時期經過艱辛的歲月，我父親陳村牧是在卅年代聘任的校長，後擔任集美學校董事長，在校主的直接意旨下，解放後已有秩地恢復學校工作。

集美是背靠陸地（同安區）的三面臨海小半島，整個集

美學校教職員工人數多過集美鄉民，居民點和各校的校舍，教學樓、大會堂及各種設施自然地交融一起，因此各校沒有自己的圍牆。

1949年底我們住在校主卅年代建築的「八音樓」，這是坐北朝南四座八套，分成兩排的一層半高樓房，上層是閣樓。我家住八音樓六號。其他七套為幾位校長和教師。我家兄弟姐妹多，有時又加上堂、表兄弟，住一套，其他有的人口較少的兩家共住一套。每套都有正面大門和側門，天一亮就暢開，那時電訊不發達，大人辦公時間外工作商量來往靠親臨當面坐談，幾家鄰居來往也是親自來到家中。每日常有人入屋來找我父親商事。也常有遠方的校友朋友來家中坐客，那時外面物質貧乏，餐廳少，我們常留來客在家用餐，甚至還有留宿的。

母親除操一大家庭家務外，還要招呼客人，常是忙碌不休，大汗淋漓，但好像也很快樂，因得到尊重和讚賞！

八音樓四座中有兩座是側門相對，廚房的窗也相對，之間的行路僅兩米多寬，母親邊煮從窗望到對面也正在煮飯的太太喊話說笑，非常親切。

肩挑叫賣的從兩側門相對的行路經過，常歇足坐在側門上的石板階上，邊施手藝，（如補鞋，補鍋的）邊和我們聊話。如果「叮噹糖」擔子來了，小孩開心的喊：「好吃糖來了！」可用廢銅板換糖，或給幾錢買，這糖又香又脆真是好吃！

八音樓六號（陳村牧故居）現貌。

2015/7/6

陳素中在八音樓六號（現在為陳村牧故居）前留影。

70

八音樓五號和六號為一座，（五號保持原貌，六號稍修改）。

坐：傅雪娥（右）傅麗端（左），站：陳素中。（留影於1983年10月）

（二）

記憶中，我家側門對面最早住着林太（林先生娘）和幾位已讀中學的孩子。因林太姓傅，媽媽稱她「雪娥姐」，我們稱她「雪娥姨」，長得高雅清秀，她很疼我們，每當小弟鬧哭時，媽媽要打他。雪娥姨就進側門來，和藹地勸服小弟聽話。

通常下午較有空閒，幾家的主婦常串門拉家事，或互學女紅手藝。母親出生名門家族，除讀幾年小學外，她興趣繡花，裁剪縫紉，和學習製茶果，烹任技術。出嫁時外公還送一部手搖車衣給她。

那年代副食品加工業不發達。每過節，母親帶領我們姐妹一起動手，包粽子，蒸糕點，做「薄餅」要切很多菜。每次要製做很多才足夠送給鄰居和自己親人。別家有拿手的食品也送我們。大家共賞，非常高興！

那時家家往來密切，認「姐妹」，認「契母」也盛行。曾住在後排的「維風姆」，常抱她小女來我家和小妹坐在地上玩，小女認我母親為「契母」，跟着我們稱「阿母」。還有位年青的校長太太也認我母親「契母」。

我家兄弟姐妹多，在鄰居裏都有自己同年朋友，每日早晨呼喚作伴上學去。放學回來後，同年的同學一起玩，在八音樓兩排的曠地玩踢球、捉迷藏或「過五關」遊戲。

晚餐後，我們小孩常圍在圓形飯桌做功課，最早沒電燈

是點臘燭，有電廠後，也僅在廳裏按一盞電燈。做完功課後可以到側門外和後排前的空曠地方玩。這時家庭主婦也出來圍坐聊天了，特別在夏日晴天，那沒有電風扇，沒空調時代，各家的「媽媽們」手持扇子搖着，坐在小竹凳上，共聚聊天賞月。有時我們把竹編製的「竹牀」板橫擺在側門口，（即簡易的活動牀板）我和姐妹躺在「竹牀」上，看着明月數星星，邊聽着「媽媽們」講「古早話」。

教員家屬鄰居和睦相處，互愛精神與日俱增。一旦一家中有難呼救時，大家都會伸手相助。

記得母親曾護送對面早產的太太到醫院，（那時沒救護車），母親也曾到我們大門對面的「三才樓」陳先生家，幫搶救昏迷（「血暈」）的陳太。

在那物質條件差，多種科技還落後的環境中人們生活簡樸，純樸的民風，不計報酬的互相幫助，卻讓人感到很溫暖，我們和鄰居如同親人，比如，對面的徐先生出差離家幾天，徐太膽小不敢自己睡一房，我母親要我陪同她睡幾晚。

想來也很奇怪好笑，如今這麼友好往來很少見了。

那時家家白日門戶暢開，不怕「小偷強盜」，曾經有北方饑荒人流南下要飯的，也是向我們禮貌地要飯，有的乞丐坐在側門口上吃飯了還坐一會兒才滿足地離開了。

（三）

　　1951年後母親在市婦聯的短期培訓下，參加集美鎮婦女會義務工作。共事的有三位主要正副主任，正主任是本大社人陳金釵稱「釵姑」，另一位住岑頭陳某夫人稱「鮑嬸」，母親副主任，母親說她們三人很團結，如「桃源結義」似的。釵姑自稱是「關公」，鮑嬸膚色黑，自稱「黑張飛」，我母親是「劉備」了。每每她們在鎮公所開會回來後，母親很興奮，講了不少有趣的故事。

　　那時我十來歲正少年期，每到年關，婦女會組織慰問軍屬，我幫母親折「光榮花」，還參加跳舞或打「腰鼓」慰問活動。

　　此外，婦女會還做不少工作，如動員婦女參加「掃盲班」，我大、二姐曾充當「掃盲」的夜校教員。還有發動婦女種「三八」林，綠化環境，以及開展全鎮的衛生運動。

　　當「三八」婦女節來臨，母親忙碌更多，準備開大會作報告，要評選「五好」家庭……。記得有一年，我二姐慧中作大會司儀，在「敬賢堂」開大會，會上母親作報告，而報告內容是父親預先為她寫好的。

　　母親還兼任第一居委會的「調解主任」，宗旨是希望婦女能在家庭起好作用，支持丈夫工作，教育好子女……調解家庭糾紛等。

　　記得有次除夕傍晚，我們準備全家圍爐。臘月寒冬已關

上大門，忽聽有敲門聲，來人（貞嫂）報「新村」一家夫妻打架很兇，請我媽去「調解」（那時沒有像現在這麼方便的「報警」）。

媽放下廚事，多加件外衣立即出門跟來人（貞嫂）前往……等媽回家時，我們剛吃完年飯了。媽入門就哈哈笑大聲地說：夫妻體育教員，打起架真厲害，跳上跳下，推桌搬椅，我也跟着躲來閃去，我大聲勸說喊停，和他們理論，真是好氣又好笑……聽母親生動地敘述，我們都大笑了，可媽媽迎着寒冷回家還餓着肚子呢！

那科學不發達，物質不豐盛的年代，但家家暢開大門，鄰居相互友好來往的和諧日子，人們誠意相待，那美好溫馨的甜蜜記憶永遠存在我心間！

左至右：唐瑾瑜，莊敏慧，唐翔，留影於集美，1990年春節。

坐：傅麗端，後站：李大中（右），陳素中（左），1993年9月29日於集美家中。

前坐：傅麗端（左），維風姆（右），後站左至右：唐瑾瑜，陳靜中，陳方平，留影於1997年1月27日。

維風姆（左），陳素中（右）會面在維風姆家中，2000年3月17日集美。

兩位高齡老朋友、好鄰居相會。傅麗端（左坐），游學詩太太（老鄭）（坐右），後站左至右：陳履中，燦中，靜中，素中，鏡中2003年10月於集美八音樓六號。

傅麗端（坐右）和契女兒李大中（坐左）留影於集美2001年6月。

陳素中在「故居」展覽室。

傅麗端（坐）和契女兒陳方平（站）留影於集美2001年6月。

由左至右：唐文友，陳素中，陳方平，陳履中留影於集美2013年
10月。

陳素中（右一）和兒子唐翔（左一），孫女唐芊芊，孫唐蔚留影
於集美陳村牧故居門前，2015年7月6日。

陳素中（右），陳執中（中）和游焜炳（游學詩校長之子）留影在集美八音樓六號，2015年10月8日。

由左至右：陳鏡中，陳素中，李大中，陳執中，陳美卿留影於鼓浪嶼，2015年10月12日。

參加潘府「鑽婚」慶宴

2017年5月1日晚我榮幸參加潘家子女為父母親設宴慶「鑽石婚」，在恭賀潘順源醫生和吳錦秀女士結婚六十週年，同時我感觸良多！

在這時代要戴上一枚鑽石戒指不難，要締「鑽婚」實在不易。雖然世上有不少，老夫妻同伴幾十年，但像潘醫生和潘太太付出一生真愛的婚姻是極少見的，他們的愛情是傳奇的，他們美滿的婚姻開花結果，子孫滿堂，成就非凡。

潘醫生是我「福醫大」學長，同是閩南人。廿世紀的閩南因貧困、匪患多，許多鄉村男人先到南洋謀生，多數天然物產豐盛的菲律賓、印尼，出賣苦力，掙些錢寄回家鄉養家。潘醫生和吳錦秀都出生於貧僑家庭。「人窮志氣高」，他們自幼都懂得珍惜讀書和讀好書。儘管潘醫生體弱多病，但他學習異，表現出色，盡力為同學義務工作，他們兩家是鄉村鄰里，親人早年已相識有往來。

1952年，正當年青的潘順源被染上「肺結核」病，當時稱「肺癆病」，那時還沒有特效藥。（所以才有魯迅文章中的「人血饅頭」的故事！）。不少人死於這「肺癆」病。然而，為了讓潘順源的病盡快好，吳家借出房間給潘順源養

病，他的母親和胞妹特來照顧他。此時，月下老人為兩家年青男女牽紅線，他們開始了愛情長跑。吳錦秀以菩薩心腸付出純情，她為人厚道，也終於贏得了真正的愛情，潘順源有如得到甘露，在真愛的淋浴下逐漸健康起來。

1955年9月潘順源考上「福建醫科大學」，他學習優異，人緣很好，很快被選當學生會主席。

1956年全國開展全民「大鳴大放」幫助黨整風運動，潘順源時任學生會主席，接受上級領導指示，發動同學寫大字報和接受上級批准停課深入搞運動。

1957年7月1日開始了全國的反右派鬥爭，認為是右派勢力借向黨提意見進行反黨，所以由中央到地方的「反右」鬥爭愈演愈激烈，潘順源雖是學生也被牽連進去，除指示他的領導有兩位右派外，他也成為學生中的「右派分子」，白天除上課外的時間要受批判，晚上要溫習的課外，還要寫「檢討材料」，因好幾次「通不過」，那時愛他的吳錦秀幫他寫「檢討材料」，遞上後才「過關」。

然而，吳錦秀的單位本有意培養她「入黨」，為了愛情，吳錦秀堅定和潘順源保持關係，毅然不聽黨組織勸阻，並向單位申請出「證明」和潘順源辦理結婚登記手續，（因為潘順源若被宣佈「右派」了，單位不可以出登記結婚證明的。）他們倆堅定要辦理正式結婚，結果登記後只在家中由母親煮幾碟小菜，請幾位知己和親人吃一餐，沒有婚禮。吳錦秀買了一包糖果拿到自己單位請同事吃「喜糖」，但沒有

人敢拿來吃，因為她和右派分子結婚。吳錦秀內心湧上傷感，邊哭邊走到單位外的大樹下，將「喜糖」倒在大樹下，擦乾淚水後，她依然死心踏地愛潘順源，不埋怨同事對她的看法。

他們的愛情經受了狂風驟雨！那時代夫妻只要一方是右派分子，另方是被領導勸離的，男女戀情中一方右派另方被勸分手的，在親緣關係中要明顯表態「划清界線」。

潘順源和吳錦秀婚後一周，潘順源被宣佈戴上「右派分子」帽子，留校察看，仍然給予讀書（因海外關係），但精神上已受到嚴重創傷，而吳錦秀用心血鑄成的真愛支撐着他。他們沖破任何困難，締造美好的感情樂園！相互照顧堅強地生活在一起。

潘順源1960年大學畢業，分配到最偏僻的閩北基層醫療工作，那時正是全國困難時期，由於他任勞任怨工作，得到縣醫院領導的重視和人民的愛戴，兩年後，摘掉潘順源「右派分子」的帽子。

1966年5月史無前例的全國展開「文化大革命」，首先是吳錦秀被造反派以「美蔣特務」被關押批鬥，（因為他們大兒子早已正當手續申請獲準到香港和祖母同住並在港讀左派學校）。潘順源難以僥幸，也遭到造反派大字報攻擊，被拉到批鬥會場進行殘酷的批鬥，平時被監督勞動，有次造反派把他和吳錦秀一起戴高帽遊街，更諷刺的是勒令吳錦秀為潘順源製造高帽！由於兩夫婦都受難，幾個孩子忍痛離別而

寄養在吳錦秀的娘家。

經過「文革」三年多的折磨，他們沒有崩潰，一個是負責任的丈夫，以身作則的父親，一個是不離不棄的好妻子，好母親！

潘醫生和潘太身上演繹着人生傳奇的愛情，他們忠誠守護着婚姻家庭，他們的典範給我們啟迪：真愛是無私奉獻鑄成的，可以沖破一切艱難險阻！美滿的婚姻是靠雙方的努力。應該承認，現實的婚姻很難十全十美，婚姻是一種妥協，需要忍讓，同情和諒解！

我相信皇天不負有心人，特別理解潘太吳錦秀對丈夫堅貞不渝的愛！她承傳中國女性美德，她身上閃耀着人性光輝，在這時代，我為有這樣的優秀女性感到自豪！

我衷心地向吳錦秀女士致敬！

前坐中右：潘順源，左：吳錦秀合府留影於2013年元旦。

潘順源醫生（右）和吳錦秀女士（左），2017年5月1日。

陳素中（左）和吳錦秀（中），潘順源醫生留影於2017年5月1日（香港）。

潘順源（左六），吳錦秀（左五）和醫生朋友留影於2017年5月1日。

2013年8月18日參加慶祝「潘順源醫生八十壽辰」留影。左至右：
鄭慈偉，陳素中，吳錦秀，潘順源，許慧麗，張漢明，林永佳。

不要讓「暴」侵害兒童的心靈

　　恐怖、暴力、色情的不雅畫面不要讓心智發育尚未成熟的兒童看，它所產生的陰影對少年成長發育是不利的。負責的父母親都清楚，我覺得香港這方面的教育仍比較重視，但在電訊極發達的當今社會，智能手機人手一部，有不少小學生也執迷玩機，急呼家長要特別關注。

　　記得我十歲讀小學三年級時，有次在老師安排下排練話劇「朝鮮小姑娘」，準備參加全校文娛晚會。我扮演朝鮮小姑娘，由一長得「惡相」的高班男同學扮「美國兵」。演反角的美國兵欺侮小姑娘的情節很逼真，當時我脆弱膽小的心已經有些害怕了。排練兩次後，扮美國兵那男生一支木質手槍不知何故不見了，他硬說是我弄掉的，我請木匠再鋸一支，他虎眼盯我大聲發怒喊：你要賠！因放學回家路我必經鋸木場，我請求師傅為我鋸一支木槍，師傅叔叔見我小女孩，以疼憐之心很快鋸好小木槍了。

　　隨後不久見「美國兵」男生從後面趕來，我順手拋木槍給他，但他挑剔地大喊：不行，不要這支，要重做。我邊跑他邊追，還向我拋來石頭打中我的腰部，我氣急了趕快跑到

街頭牙醫診所，牙醫是我女同學的爸爸，女同學的媽媽也認識我，把追上門來的男生訓話趕走。那時我又喘又發抖怕得哭出來了。

第二天上學後我不願意排演了，老師才追問原因。接下去半年，我身體一直覺得疲乏無力，讀書變差，不久病倒停學一學期。

讀初中二年級時，某日我收到一封寄到班級莫名其妙的信。（因那時我仍是「通學生」，家住教員宿舍，收信也僅是在家地址。）

當發抖的手拆開信看，原來是幾年前曾扮演美國兵的男生陳傑寄來的。他說參軍了，在部隊裏受到教育後思想覺悟提高了，對少年時追打我的無理行為道歉！希望我原諒並今後成為好朋友，還土裏土氣地寫了不少「示愛」的語句。我手一直發抖，心裏憤憤不滿，那惡狠的眼神和丑陋的相貌又出現在我眼前！

當時我也是要求進步的青年，我沒理由去觸怒一個解放軍，我把信給班上的秀紗大姐姐看，她是青年團書記。那時班上年級較大的同學已開始談情說愛了。秀紗姐幫我回信。後來就沒再來信糾纏了。但那驚魂一直纏繞着我，其實，現在看來這只不過像芝麻蒜皮的事！

回顧上世紀六十年代那段歷史，「文革」中受矇蔽的革命造返派對知識分子和「走資派」的打砸搶抄暴力行為，對中國傳統文化的沖擊，扭曲道德的行徑，多少古跡被毀，目

睹慘相，我的心難忍，我儘量躲避武鬥的場面，不忍看到那慘悲，不願聽到悲涼的聲音……脆弱的心再次受傷！

隨着歲月的磨礪，社會的進步，人們變得理智，我也變得成熟而堅強起來。

前年我應邀參加集美學校百年大慶，我這古稀齡的老校友對母校深情地感懷！

有個上午是安排在中學的大操場，陽光普照柔和怡人，來參加慶祝大會的約有近千人。我和弟及幾位女同學坐靠近。

不久，弟弟起身來對我說，他旁邊有位老頭自稱是我的同學，正在尋找我，順着弟弟的指點望去，從側面看到這位醜相的「老伯」，這老伯也終於見到我，他向着我告白名陳傑。瞬間我又嚇了一跳！人老相本來沒甚麼可怕，但他仍是張「惡相」臉孔，張開那「哭樣」的笑嘴露出黑黃的牙齒真讓人生起「厭惡感」！雖然我知道不能取貌評論人，可能又是「陰影」在作怪使我變得不理智了。他叫我名後搶着敍說：「我死了好幾次又活了，現在我二房『房長』主持祠堂事務，（房頭）。」接着問我的職業，要我電話……我說，讀完醫科後一直當醫生，這十幾年在香港當醫生。忽然見他震驚一下，恢復了平靜，寒暄幾句後，他托詞離開了。

見他背影遠離去後，我身旁的小學女同學告訴我，她也被陳傑兇追過，大家背後稱他是「惡霸」。他是本地人，而且是「強房」的房長，我們是隨父母來此鄉鎮任教育工作的

外鄉人。

從本質上他不能算壞人，但無知、任性和粗野給人很反感，特別是年少時期脆弱的心留下驚恐的印記是很難消失的。

如今社會上出現的「恐怖」、喪失人性的暴徒，擾亂社會和諧；有不少兒童仍處在惡劣環境中受侵害，青少年受到毒品的侵襲，不少未成年的女童被賣嫁等等……所有的一切都必須引為關注！

記中的嚴寒

　　天氣預報寒潮凶猛，席捲大江南北。又稱是「世界暴風雪千里冰封……」北方的嚴寒風雪急速南下，是五十年來最寒冷的冬天！香港地區出現冰霜是南方人罕見的奇冷！

　　冷，對在有四季之分居住的我曾有親身體驗，並不會了不得的恐懼，當然不像北方的酷冷。在攝氏零下四度的寒冬我也經歷過廿多次吧！青少年在集美成長，住在八音樓的記憶深刻的。當中午冬陽照射入露台的日子，午休時坐在靠背籐椅上享受陽光淋浴真是美妙快樂的滋味。

　　我自小住在三面靠海的廈門集美，咸味海風浸泡我成長。每當嚴寒季節早上出門上學，纏着圍巾，身穿着母親縫製的棉襖，背上書包，迎着海風邊走邊跳上學去，放學了，餓着肚子忍着嚴寒連走帶跑趕回家。那時耳朵長凍瘡，也絲毫沒驚懼，總覺得好玩。青少年喜愛大海，喜歡大自然，那無憂無慮的心永遠快樂！因為我有個溫暖的大家庭！

　　春夏秋冬，一年復一年。儘管流水洗刷了歲月，那沉積下的光圈仍閃爍着……我們渡過了無電風扇時代的炎夏，無電暖爐的酷寒嚴冬。

中學畢業我獨自北上省府福州讀大學，那裏夏天更熱、冬季更冷，但環境助長了體格，吃苦艱辛增強堅強的意志，從小多病的我變得愈健康。

大學最後一年我在山城三明專區醫院實習，記得1966年1月的「除夕」晚上，正當我值班，在醫院最高四樓頂上的「高壓氧氣倉」旁冷氣侵襲下守着一個多鐘，打開倉門後我從倉裏抱着一窒息臨危的患嬰，迎着一陣淒涼寒風迅速下樓到二樓兒科值班室，和其他醫務人員繼續搶救患嬰。那時不必值班的全院職工已會聚在大禮堂送舊歲的宴席中。

當患嬰搶救無效後，我還要做一番處理工作，直到患嬰家人痛心呼叫淚溢滿臉抱着死嬰走出醫院大門後，又饑又累的我頂着刺骨烈風，無奈地步入大堂聚會，全身疆冷和抖顫，隨便填飽肚子又返回值班崗位。至今仍有一絲絲苦澀悲涼隱刺我的心。

還記得同年開春時我轉入實習婦產科。

有次值班，主治醫生叫我跟她出車到屬下的山區農家出診，已是傍晚，山城的早春仍是天寒地凍。我們的救護車在崎嶇山路行駛兩個多鐘才到村子旁。又走一小段路到農家。一進門見微弱燈照下浮腫的產婦臉孔，肢體冰涼，勉強測極微低血壓，脈微，但第三產程未完成，這是第八孕產，由接生婆幫助產一個活男嬰。

張醫生暈車嘔吐，由我快給患婦靜脈打針，產婦休克、臘白肢體很難找到靜脈落針處，當張醫生克服眩暈，開始檢

查患婦下身。這時，我們很驚訝，見到陰道口外一條臍帶綁着一隻新草鞋，一股難聞腐臭樸鼻而來。

張醫生說無法剝下胎盤，因胎盤被接生婆抓爛而失血太多，必須手術取胎盤和輸血等綜合措施，要搶時間，馬上用救護車送到醫院搶救，也許可搏生機！

患婦的丈夫立即抱着活嬰跟車出發，張醫生坐在車頭司機旁，我陪患者和她丈夫坐車廂裏，按時為她打針和給氧氣。

車行駛不到一個鐘，我發現病人在「臨終呼吸」，沒多久心跳也停止了。汽車趕緊停下，張醫生證實產婦已死並告訴她丈夫。深夜裏嚴寒淒冷，車停在半山腰怎麼辦？死者的丈夫跪在地上叩求我們原車調頭載返鄉。出於人道救護車折返他鄉村，放下他老婆在村旁路邊。這時，老頭忽然苦苦哀求我收留下這新生兒。看着這幼嬰我淚溢雙眼，啞口無言，不知怎麼辦？司機勸他送給有能力的鄉裏人撫養。

看到此景，我心肝觸痛，天下可憐人還很多！學醫，當個真正有用的醫生的心志棸根在心坎裏！

曾記得1966年12月底，在「文革」期間響應「步行串聯」的號召，從榕城參加小隊十幾人出發，經過閩西北革命老區，邊宣傳邊學習革命先烈事跡，十幾天後達到江西井崗山茨坪。迎來了一個革命的冰天雪地的新年。

因連日來傳說中央文革小組首長在元旦要到茨坪見紅衛兵，許多革命小將紛紛趕在1967年元旦前到達，滯留人數

大增已造成接待困難，環境擠逼又造成季節性病多，特別是「流行性腦膜炎」（細菌性）大流行，不斷有發燒不退，甚至死了好幾個學生。

當我剛到達時刻，立刻聽到廣播，要緊急動員醫科畢業生留下義務協助正式的醫生開展救護工作。我們是實習已完成的畢業生，立即報告響應，我被分配在第六醫療站。

來自全國的一隊隊紅衛兵到達茨坪，搭帳棚工程趕不上大批擁來的人睡房問題，不少，人用木柴點起一堆火圍坐取暖，在寒冬臘月裏坐到通宵達旦，棉花雪依然不停在飄飛，然而天亮後大家趕快去排隊取食物，一天吃不上兩餐，最後直升機輪回投下乾糧補充應付不斷上山的人群。當年的年青紅衛兵學生真是士氣旺盛。唱着革歌曲，不畏寒冷饑餓，耐心等待中央首長的到來。

我是義務醫療工作者，有一雙架床固定睡處，但每當清晨起床要鼓起勇氣從較溫暖的房間衝出去設在露天的公共廁所，冰凍手指不靈活難解褲頭紐扣，辛苦地完成後又冒着雪到飯堂取領食品填肚（憑着工作證領取，不必排隊！）

早餐後背上簡陋的藥箱巡視帳棚裏的紅衛兵，將發燒不能起床的轉送到治療室。在那時期我們自己也不怕死了，那些因流腦不治死的都稱「烈士」紅衛兵，並就地開追悼大會。

我義務醫生的日子裏充滿革命自豪感。那時正是朝氣逢勃，誓死為革命的年青時代，在這革命熔爐裏，我真正受到

磨煉。我盡了一個剛畢業醫學生為人民治病的責任。當流腦控制下來後，我已服務一個多月了，正遇上中央頒發要紅衞兵停止串聯返校鬧革命的通知，那時已臨近除夕，中央首長沒有來茨坪見紅衞兵，大家又逐漸離開了茨坪。頂着凍冷的天下山乘坐火車一站站地返回母校福州。

我沒有忘記在山鄉衞生院任醫的日子。在那缺醫少藥交通極不方便的山溝溝，我是首位大專畢業的女醫生和助產士成了農村婦女的知己。

每當三更半夜難產求診時，我們都急起床立即投入處理難產中，膽大心細地承擔重任。

記憶中，讓人最難頂的是寒冬臘月，剛睡溫了被窩忽然被急促的敲門聲驚醒，躍身而起，全身不自主地顫抖，邊跳跳邊迅速地穿好衣服，牙齒發出打戰答答響，迎着刺骨的北風從二樓奔下樓來。如果是抬來的產婦，有幾位同事一起處理，如果是患者家人請我出診，那又是一番「苦役」了！須背上診療箱跟老鄉爬山越嶺去，等急走一陣後，身體才暖熱起來。那時體質可以熬過。到了患家迅速為患婦治病，受到認定和讚賞內心很寬慰！那年月，我真正抵御了徹骨的寒冷！

我更不會忘記曾調到較高地山鄉大隊的日子，因當「一打三反」工作組材料員，住在泥土地板的大隊部房間，在冰天雪地的冬天，睡到天亮時雙足還冰涼，有趣的是床下長出一根根三寸高的冰柱子，房間地板全是細霜舖成，踩過時發

出沙沙響聲。手腳冰涼，身體直打哆唆！

　　每當夏天，山鄉的綠油油園地和深藍的山景是非常美麗的，而臘月寒冬卻讓人難以忍受！儘管遍山舖上雪景美麗怡人。幸好是在風華歲月裏，終能熬過去了。

　　一恍幾十年過去了，南方的香港四季氣候適宜居住環境。商場、家居夏有「空調」，冬有「電暖爐」，質素高的生活環境。然而隨着年紀遞增，抵抗酷熱嚴寒的能力逐降了，真是歲月不饒人呀！

　　今年冬天特別冷，兇猛的暴風雪來得太迅猛，但相信徹退亦快，我們振奮起，勇敢戰勝寒冬，以熱情迎接喜氣洋洋的農曆新年！

寫於2016年初

多個媽媽多份母愛

　　2016年金秋，我從香港返福建福州「福醫大」母校參加「福醫大26班畢業五十週年」慶祝會，中午報導後，我和廈門來的施蔭治，在好友耿霓的安排下，去療養院探望老媽媽符玉玲，她是耿霓的母親，是我和蔭治的「契媽」。在我們讀大學時，深受契媽的疼愛，是上蒼賜給我們的母女情。

　　「媽媽」這是閃爍着母愛溫馨的字眼，是孩兒心中永恆幸福的稱謂。如今我已是位古稀齡的婆婆，但媽媽的母愛溫暖仍流淌在我的血脈中讓全身熱乎乎的。

　　我有好幾位媽媽。

母親傅振權（麗端）（左）陳素中（右）留影於1997年4月12日集美家中。

我感恩賜我生命、哺育我成長的親生媽媽——「阿母」（傅振權），我阿母是金門鄉賢傅錫琪的大閨秀，勤勞能幹識大體，任勞任怨養育子女，支撐大家庭，支持父親貢獻教育事業，陪伴父親七十二個春秋，是海內外校友敬重的「師母」，是我的好母親。

　　我感懷培育我，助我事業進步，鼓勵我克服人生歷程中一個個困難的三姨媽——傅晴曦，因為她是一位付出母愛的媽媽，我稱她「阿姑」。

　　阿姑自小聰明過人，在外公的栽培下，熟讀四詩五經，是鄉裏稱譽的「才女」，她一生無嫁，以教育為終身己任。在馬來亞檳城任菩提中學校長廿載退休後又在社會上弘揚佛法，貢獻社會，晚年獲檳州賜封為「拿督」殊榮。我在阿姑的長期教導下，開闊了視野，認識人生真締，提高人生價值。

阿姑（左）傅晴曦，陳素中（右）留影於檳城1986年6月。

　　我也沒有忘記，在我少年體弱多病時，有位外貌很像阿母的契媽——祖彬姆，她真情給我這病孩注入母愛。契爹是和我爸一樣，也是忠誠服務於陳嘉庚校主

創辦的集美學校，每當過年初一時契媽送我「紅包」，我羞答答的，而內心樂滋滋的。終於我健康起來了。在中國傳統認個乾爹、乾媽是習俗，相信這樣孩子才好操養。

廿世紀六十年代，我集美中學畢業考上在福州的「福建醫學院」那時交通差，福州距廈門似乎很遠，我自己一人遠離父母心酸流淚，幸好有位表兄和大姐、姐夫在福州工作。在那青春熾熱年華，日夜相處的同學很快親熱融合。我的好同學耿霓家在福州，父母都是國家幹部，她常請我和蔭治假日到她家玩，我們受到如一家人的款待，像回到自己家一樣的溫暖，久而久之，我們成了契女，蒼天賜我們一位母愛濃濃的革命媽媽。

我感恩自己相認的「契媽」！在這裏還引出一段揮之不去的插曲……。記得1964年大學四年級上學期的寒假，出之「改造自己」增加見識的意念，我和陳振東同學去福州「勞動大學」學習兩星期，我用書信告知並約定這除夕晚和大姐團聚。那年物質供應仍困難，通訊也不發達，僅靠書信聯絡。

除夕早上，「勞動大學」不挽留我們了，陳振東同學回他福州的家。我自己回福醫大宿舍。在校同學不多，近中午我騎自行車去霓耿家，她和媽媽留我午餐，我如回家一樣感到很快樂，談我在勞動大學兩周受鍛煉的心得體會，媽媽還留我除夕和她家圍爐，但因我已約定去十五中學和大姐過節，所以謝了好意。

近傍晚我騎上自行車離開媽媽家，哼着小曲，滿懷喜悅駛行在大道上去十五中找大姐。一到她住房門口就急忙敲門，沒開，忽見門邊貼一字條：「素妹，因婆家急事，我倆返石獅了」，我似乎矇了！「無奈又騎上自行車離開，慢行在八一七大道上，看到兩旁的飲食店和各商店都已鎖門，當返回學校時，大食堂已燈暗，人散了，學院的「小賣部」也關上門。一陣酸氣從心直湧上喉頭。肚子似餓非餓，但頭腦空洞洞的餓！

天寒冷，夜暗沉，唯有微燈光的宿舍樓招呼我，到住宿後心情仍納悶，「怎麼除夕晚找不到吃的？！」，邊整理牀鋪準備躺下，忽然聽到傳來的笑聲。我不自主地走去探望，見那女宿舍裏有近十人，原來是以勞模身份赴京參加「勞模大會」的吳某同學回來了，她向我招手請坐。並立刻請我吃餅乾糖果，這些是那時稀罕的小吃品。這時我真感到肚子餓了，我愛面子，不敢多拿多吃，又不敢告訴大家我今晚還沒吃的醜事。但我逐漸恢復了，我想到窮人家吃不飽穿不暖常有的事，我才這麼一次受餓就鬧情緒？！我的後悔是找不到大姐不敢再返耿霓的家，實在沒想到除夕晚上所有的商店都關上門。

躺下牀我仍睡不下，有點不甘，有點傷感想家，想母親，眼淚不受控制地流出來了。

光陰如梭，為謀生我們走過人生辛酸苦辣，受到歲月磨礪成熟、堅強起來，如今自己已邁入古稀齡，那曾發生在青

春時代的一件件事仍記憶猶新，一想起媽媽符玉玲，我就聯想這除夕餓肚子的事，耿耿於懷！這是因她的母愛讓我留下的印記。

　　前年2015年抗日戰爭勝利七十週年，曾是新四軍女兵的符玉玲和全國的抗日老兵一樣，榮獲一枚金質紀念章，我惦念着要爭取時間去福州探望她。真是到了「天地人和」的吉祥日子！這次我和蔭治都返母校參加同學團聚慶會，我們能如願以償地探望了這位偉大的革命媽媽，我們的好契媽！九十四歲的老媽媽還記得我們，她高雅大方挺健康的，喜悅一見流出感動的淚水！

　　感恩蒼天，讓我們返回那溫馨美好的青春時代，我們和好媽媽留下合照，永存見證母愛的偉大！

符玉玲（右二），耿霓（左一），陳素中（左二），施敏（右一）留影於1996年12月23日。

陳素中（左）和契媽媽符玉玲（右）留影於2007年11月福州。

九十四歲的老媽媽符玉玲（坐）胸前戴着新四軍老兵的抗日戰爭勝利七十週年紀念章。後站左至右：陳素中，耿霓，施敏。2016年10月28日留影於福州

民間女「醫生」

　　廿世紀五十年代西醫在大陸城鎮已成為醫療主力軍，人們破除迷信，神棍、巫婆逐漸消失。許多傳染性疾病或急性病都西醫治療為主，但中醫對治療「時病」或慢性病治療以及一些有經驗的民間土醫，特別老婦女，包括家庭主婦起「自救自醫」的作用，在那貧困年代、缺醫少藥的鄉鎮只能如此吧！

　　離我住家不遠有一古式平屋裏，住着一位了不起的女土醫，大家稱她「大肥榭」，約五十來歲，個頭肥大慈祥的阿婆。我少年時見她醫好不少人。她專醫慢性痛腫，肛瘡之類，她自己去採集中草藥，製研成外敷的「膏藥」，也給人配合內服藥湯，慢性病患還可以住在她房前大廳一角的簡易牀板上，由她特別治療。

　　記得我表兄蔡某讀高中時，聽我母親說是「屁股生瘡」，西醫無法治療，生活受影響，正好是暑假時期，他行動不便只好住在「大肥榭」房前的木板牀，我家有人三餐送去飯，在「大肥榭」的治療後終於痊癒了，費用也很公道。那時百姓最相信「好心有好報」，肥榭為人醫治是厚道之

104

舉，「醫者父母心」，她是善良的。

後來表兄考入福建農學院，畢業後留校任教，學術成就貢獻不小，晚年是博士生導師（博導）享受國家待遇。

「大肥樹」在我們集美鎮相當出名，醫好很多人。她不是迷信，更非騙術，確實以中草藥施醫救人，而且是根據病情製不同的「膏藥」敷貼、更換藥方。

在此我插入一案例：十五年前，有位老同學考上台灣執照醫生，在台灣行醫多年，臨退休時自己患上「肛瘻」，他選擇了醫院手術治療，然而術後的創面感染更擴大，造成無法癒合，嚴重影響自己做醫生的工作和生活，很懊腦幾乎是精神崩潰，在返回香港時背着家人到大廈的高層，無奈一躍而墜落自決了！我們好多同學不理解他的痛苦，也許還有甚麼難言之苦，但「頑疾」確是他尋短的誘因。我心裏由衷地敬佩「大肥樹」，假如有她在的話⋯⋯

在我懂事的少年時期那五十年代，我目睹、也有興趣民間醫治案例。許多常見小病都是自醫、互醫，人與人之間，家與家之間都互通有無，互相關心，那是戶戶開門，每日見面問候的好鄰居。我家的牆上擺着好幾盆的「風葱」，取下兩葉煎水滾一陣喝了可以消「腹脹」「驅風」真行。

鄰居誰要都可以來，我們樂意剝幾枝送他。

我母親很喜歡當「醫生」為親友鄰人治病，那時「慢性中耳炎」的孩子不少（可能與大人喜歡為小孩「勾耳屎」有關）。我母親有祖傳的青草根專治流膿的慢性中耳炎，只要

105

有人開口求醫，我還幫母親到小山坡或山路旁尋找這種矮灌木，取根剝去外層表，叫人家煎水，可加瘦肉煲飲，效果真好。當小鎮流行麻疹時（麻疹最怕併發症），我母親拿出（南洋寄人送來的）「羚羊角」，介紹用瓦磁的底面加水磨出乳白色汁，沖水給患孩喝，這羚羊角一傳出鎮裏，到很久以後有人拿來還，只剩一小截，想來也真有意思，施舍者高興，被施者也很誠信，（用多少剩下的仍歸還，沒有貪心！），鄉里鄉親大家都快樂，那時代少污染，山邊路旁到處長滿青草，青草可用來治病已是我們民族幾千年的文化，更重要的是人心純樸，民間中還有好多治毒蜂虹傷、蚊咬傷、狗咬傷等良方，民眾互救自救。能救人一命是功德無量。

在當今科學進步，醫學發展很快，各種檢驗儀器，大病小病往醫院送治，因社會污染嚴重，人與人的誠信消失，不敢承擔責任，只求自保少管他人成風氣，家家戶戶關好大門防盜竊，不敢輕易相信別人。還有為了賺錢，貪官商家勾結，許多地方醫患關係到了不可調和的地步，真是讓人悲傷！

我童年、少年時代目睹那時代誠實、有良心的女土醫和長輩婦女們，如今雖在記憶中，卻溫暖着我的心！

重新活一輩子

　　半個世紀過去了，惦念中的她，阿曼的容貌因歲月而變得模糊，但跛行和倔強的姿態讓我深記住。我和阿曼不算深交，但每當我在沉思時，她倔強的形象就浮上來，聽到她在我耳旁說：「活着，要拚搏！」像在為我打氣。

　　廿世紀六十年代初，某天我在大學圖書館遇上我們醫療系主任陳教授。傾間，走近一女生也向陳教授問候，並且用閩南話，經自我介紹，我們都用閩南話交談，原來她是讀生物系的，一位相當外氣而漂亮的城市姑娘。早年，她住鼓浪嶼的家與陳教授家是鄰居，同一教會朋友，又都是鋼琴世家，來往密切。

　　我認識陳教授不僅他是老師，而且他和我父親是中學時期的校友，且一直有交往，所以他對我關心有加。陳教授教課特別有風度，有時參幾句英文，講課風趣生動，兩百同學的大課堂都跟隨他演講情緒而起伏。大家很欣賞和尊敬他。

　　一九六六年夏天，一場聲勢浩大的文化大革命席捲全國，我們高校停課「鬧革命」。陳教授和其他各系教授一樣首當其沖，被掛上「反動權威」的大胸牌遊學校批鬥。被造

107

反派紅衛兵關押在「牛棚」。隨着運動愈搞愈猛，常被造反派「勒令」上台批鬥。

有天晌午，陳教授被造反派押上木架搭起的批鬥台上，被推跪在灼熱炎陽下。不久有個男生強力推着一女生上台，並勒令她跪下「陪鬥」。我看到這女生是阿曼。

陳教授被批鬥好幾次了，今天重點批鬥他是反動的基督徒，阿曼也是基督徒。忽然剛才推她上台的男生在台上大聲揭發阿曼的母親在香港，指控阿曼「裏通外國」，說得很激昂，高呼造反有理！我站在近台一邊看上去，陳教授很自在穩重，阿曼很不甘願似的，昂起的頭常被紅衛兵壓下去，我心疼似抽搐，也沒有辦法控制自己，想到我做校長的父親在廈門也是被批鬥，只是沒親眼見到，混亂的心情無處可傾訴！

午時過後才停止批鬥，（因大家要午餐），陳教授仍被送回「牛棚」。主持大會的人勒令阿曼滾回去。

散會，我一直注視阿曼身影，不見她往食堂走，而是急衝衝返住宿大樓方向去。

午飯後，校園裏人群中傳着特大奇聞，說一位女生自殺在住宿旁的地面。有人說是女生從五樓高的窗口跳下，但被樓房周圍的電線牽掛着身體而慢慢墜落下來。不久女生被救護車送去市立醫院。

奇聞如雷電震動整個大學府，各系都知道了，說的就是上午陪陳教授被鬥的那女生。在恍惚中，我感到阿曼不會

死，我要去探望她。

　　第二天傍晚，我自己一人騎自行車去市立醫院看她。知道她左腿骨斷（股骨頭骨折），保了生命。她泣哭地說：「上帝不讓我死，只好活下去了。」我說：「你很倔強，但太任性，何必呢？！重新活一輩子吧！」

　　她因氣憤尋死是有理由的。揭發她母親居住在香港的男生是追求她已久、獻情表愛的人，很熟悉她家庭。沒料到卻「反戈一擊」和她划清界線，充當革命的造反派，甚至不少認識她的人支持這男生的行動，幾乎都出賣她了，使阿曼極悲憤和痛心、、不如死了痛快。

　　如今阿曼跳樓卻被窗外樓下的幾條電線拖掛下來才着地，慢速着地使她並不死，雖然腿疼痛反讓她省悟起來。她說：「再厚顏面也得活下去，不管人家怎麼羞辱我！」我想這是對上帝的忠心。我從心底裏佩服她。

　　逐漸地，阿曼「不死」的奇績被不少同學「叫好」！因她堅韌，很快恢復健康，學行走。儘管跛行，她自信心更強了，沒有甚麼比死更困難或受誣辱難倒她了。

　　一年後，我們各自被分配在鄉下邊工作邊接受「再教育」。之間聯繫少了。……

　　上世紀1984年臨近「中秋」某一晚上。我參加一次罕有的校友聚會。因從美國觀光歸來，將返大陸的陳教授和院長等老師特留住香港一晚和我們在香港的校友見面。這是「千載難逢」的喜悅聚會。一來聽了師長呼出肺腑的真言，

其次是許多校友是別後首次見面的，特別的欣喜快樂，沒想到當年在校時兩派「相鬥」，如今親切的師生樂融融相聚一堂。

在無意中，我和阿曼碰眼相見了！她還為我介紹她的丈夫，正是我小學同班的同學，我們感到世界多奇妙！這蒼天安排我們相見，她極力地鼓勵我一定要考「香港醫生執照試」。阿曼不是讀醫療系，沒資格參加考試，但她找到一份醫院化驗室工作，有穩定而不錯的收入。據阿曼所知，指導我如何自學醫學英文，如何參加補習班復習全面的醫學知識，鼓勵我要克服小家庭的困難，要有恆心、毅力，她強調：活着，要拚搏！

散會離開後，看到她跛行但倔強的樣子，為她有個好夫君和一女兒而高興。她已死了一次，又重新活下去！如此堅強的女性，我真佩服！她還有許多感人的沒說完的故事……

她說得對，要活着，要拚搏！生命對每個人只有一次，要活得有價值，就得在歲月裏經得起千錘百煉！

阿曼的精神像竹子一樣堅強挺拔、高風亮節！

母老虎

　　時過境遷，轉眼幾十年了，那「母老虎」的鮮活光圈仍閃爍在我的眼前。

　　一九六六年初夏我讀醫科大學最後一年，輪到實習婦產科，有次我上手術台當配角，這次為難產患者行剖腹產術，產婦是本院職工任化驗師的張太，她丈夫是此手術室麻醉師張醫生。

　　當張太躺在手術牀上，又一陣宮縮痛，她哭叫聲震動全手術室，我這女學生被忽然尖叫聲嚇了一跳，特別害怕。聽說她的外號稱「母老虎」。丈夫張醫生正在一旁撫慰她，忽然見到她咬着丈夫的手，而張醫生任她咬，而且兇狠地罵：「我不生孩子，你偏要我生，壞蛋！壞蛋！是你！」兩虎眼真可怕，真嚇人！（我心想難道生孩子這麼恐怖？！）

　　手術在基礎麻醉加局麻下很快開始，婦科主任主刀順利取出一活男嬰，母老虎在清醒狀態下又虎威大發，叫嚷主任要為她立即行雙側輸卵管結紮術，主任勸語她冷靜考慮，但她憤怒，丈夫也習慣受老婆威脅沒任何主意，主任只好按她要求，取嬰後又立即為她輸卵管結紮。

手術後，母子健康，母老虎也認真地用自己母乳喂幼嬰，人們又開始議論她是多麼喜歡自己的孩子，有逗笑，有情趣，為人之母的張太一天天脾氣變好了。

　　三個月後當我實習小兒科時，又巧遇「母老虎」，因她小兒「高燒抽搐」住入小兒科病房。我見到她那樣子和分娩時若判兩人，她靜靜地即緊張又小心，兩眼眶常含淚水，常兩掌合攏口唸有詞，她好幾次對護士細聲說後悔自己已結紮不能再生育了，萬一孩兒不幸怎麼辦？大家勸她不要想到壞處去，這時的她沒有任何架勢，為了自己的孩子對醫生幾乎快跪下去求救，對工人亦是謙虛和氣……

　　接連幾夜她守護在孩兒身邊，「虎威」早已消失，整個人都崩蹋下來了。

　　熬過一星期後，孩兒慢慢恢復健康，在她臉上終於看到了一位母親慈善喜悅的笑容。

　　她形象的改變，又引起院裏職工的議論，稱她是個愛子如命的好母親。我想起了民間「虎毒不食子」的傳說，千真萬確！許多年後，我也嫁人，也為人母，一想到她，即好笑又很實在，作為母親可以獻出自己的一切給孩子，這是真正的人性！

　　做母親真不容易，從此看到母性的偉大！

帶「流蝦」

一九六八年一個深秋的傍晚，老助產士背着接生包，沮喪地神情步入衛生院，我迎過去呼「林護士，回來了！」她說：「唉，又一個『帶流蝦』了」我跟着唉了一聲！我知道她悲憤感概地，是因為又一產婦去世了！

林護士說，當她踏入農家門口時，聽到亂哄哄的哭泣聲，接生婆對她說：「家人已經到小溪『撈蝦』了，雖已撈到小蝦，但孕婦的抽搐並沒『鎮』下來，後來猛用力嬰兒出世了，正在剪臍帶時見產婦沒喘氣了……」，家人都說是產婦「帶流蝦」而死。

老護士向接生員和家人解釋說，這是孕婦高血壓引起的「子癇」，但在場的老少婦女沒聽懂她的解釋。她們還認為嬰兒生出後，胎盤未下，而血往上沖形成「血包心」，產婦產前已經抽搐，雙眼往上吊，是「帶流蝦」作祟，必死無疑的！

林護士是正規助產學校畢業，可以掛牌獨立開展助產工作的資格，她有多年的產科經驗，丈夫和家翁都是當時着名西醫，由於夫家的家庭成份不好，才累及她被下放在基層工

作。但在這山溝溝的小公社裏，她一技之長負重任，才來不久已解決不少難產問題，受到廣大社員稱讚！

一九六六年六月「6.26」衛生方針貫徹下，為加強農村醫療工作，幾年來，我們衛生院已派幾位醫護人員到縣醫院進修，我也在1972年夏獲準到縣醫院進修婦產科，一年後仍返回這偏僻的山區衛生院。我們開始訓練各大隊的「赤腳醫生」，我和林護士借此東風，為改變落後婦幼工作努力。召集各大隊的接生員開會，訓練新法接生，提高和普及婦產科知識，制定例會學習外，要求她們帶本隊的孕婦來衛生院接受我們免費的「產前檢查」。

我深記有天傍晚，鄰近大隊農民用擔架抬來一難產婦女，有人一進院門就喊是「帶流蝦」的。隨陪護送的接生員說她在半路已接生一活男嬰，但產婦仍抽搐未停止。

患婦上牀檢查時，見腹部仍很大，還能測到胎心音，見一臍帶在陰阜外，我們推測還有一胎，隨後，產婦又全身抽筋，隻眼上吊，口吐白沫，血壓仍很高，因此診斷為「子癇」，立即相應治療。

慢慢產婦進入睡眠壯態，也沒有宮縮，未能自然分娩另一胎，近兩小時了，如果拖延分娩必然增加母嬰的危險，產後感染也難避免。

作為婦產科醫生要當機立斷，盡快結束分娩是必要的。我和同事商量後，決定立即將產婦送入手術室，麻醉下用內倒轉法取嬰，結果牽出胎兒一足，臀位分娩下幫助娩出一活

女嬰，又徒手剝離出胎盤，母體也脫險逐漸穩定狀況。

接生員說這種「帶流蝦」以往大多是產婦致死的因素之一，如今醫學進步，救了好多為生育而付出生命的婦女。家屬非常感激！

自接生員例會訓練和學習後，逐漸改變農村落後生育的狀況。雖然有婦女說，生仔如生雞蛋，這種女人很幸運，但更多人都知道女人生孩子是具有危險性的。俗話說：「女人不生不值錢，要生生命吊在『鼎邊』」（閩南話），（即燒飯的大鍋邊）。在環境差的衛生條件下，女人為了繁延生命，遇上難產而死不足為奇！

死了算

　　一九六八年秋，我在一交通極差的農村公社衛生院任西醫。這診所還有早我畢業的男士西醫，兩名護士，其他幾位中醫生和幾位行政人員。

　　一天傍晚，秋風欷欷，有抬病人的擔架急入衛生院大門，懼呼「醫生快來搶救啊！」，跟着一群哭哭啼啼呼天喚地的男女老少農民。「死了人啦！」喊聲特別響亮。

　　今日我值夜班，因自畢業任醫以來未見此境，內心有些「恐懼」感，在這落後山區，又常有「房派」之鬥，事情處理不好的話醫生會倒霉的！正擔心時，老護士在我耳邊小聲叮囑：「陳醫生，不怕，她（指患者）眼皮在顫動……」，我才稍穩住情緒，耳邊又傳來老婦哭泣聲：「我心肝女兒啊……，你死得好慘呀！」還聽另老婦哀呼：「我使了多少銀啦，不會生仔反而死給我，沒良心呀！……」有位男聲清楚而低沉說：「救她一命啊，醫生！」吵鬧、哭泣雜哄哄地震憾這小小的衛生院，全院十幾位同事全自動地圍過來幫手。同事們把氣憤的人分開，他們比我有經驗，院長出面勸人群安靜，讓我檢查以便處理。

女患者的丈夫說因夫妻吵嘴，見老婆把手中的綠葉往嘴裏塞，他明白這是毒草（閩南俗稱「咖吆」，學名：斷腸草），因老婆好幾次生氣說要吃「咖吆」叫他丈夫「收屍」，從丈夫的焦慮神情看出夫妻關係不至於到最壞地步。

　　我們一邊做給患者「洗胃」的準備，另方面決定用「暗示」方法，我給這「扮死」的女患者從臀部深肌肉注射適量的「生理鹽水」，因這稱「救命藥水」注射產生疼痛，病人眼嘴動了，隨後兩串汪汪淚水從雙眼流淌下來……，真是被「救活了」！

　　我們支開了患者家人，細心地詢問病人尋死原因，她說，嫁來兩年多，家婆對她愈來愈不好，罵她不會生仔，某某媳婦生了男孩，某某嬸婆已抱孫兒……，家婆常嘮叨花了多少積蓄才買她來，（即昂貴的「聘金」）。又嫌她三天兩頭就病，其實她哭訴自己餐餐不敢吃飽，又賣力地上山打柴，下田耕作……丈夫很忠實膽小，不敢在母親面前替她說句公道話。另外娘家賣她所收取的聘金也要為長兄娶媳婦，自己父母無能力顧及她，因「嫁出去的女，潑出去的水」，為人妻媳要自己熬日子！

　　她現在未滿十九歲，剛發育不久，全身心營養狀況欠佳。我對她丈夫說，必要為她「調經」和調養身體，女身體未發育好哪來的生仔呢？！丈夫明白了，把希望寄托給醫生。另外，我對她家婆說道理，強調為媳婦調理身體，開中藥要配雞或瘦肉一起煲才行（才有效）。

扮死的女農民完全表露自己的情況，含淚對我言：「醫生，你出聲比甚麼都好。」我明白了，因醫生說要藥湯加食物，家婆才舍得給她「補身」，那時代的農民是粥水加地瓜，咸菜送粥，哪有甚麼機會吃雞？家中自養的雞鴨也輪不到女人吃，「媳婦」是家中最沒地位的。

兩年後，果真她和丈夫抱着小男嬰高興地來見我們。

為了醫治農村中一些婦女病，我們作為女西醫也要懂得一些中醫知識，學開些較常用的中藥處方，甚麼「四物湯」，「八珍」，「十三太保」等，迎合農村的需要。更妙的是我開這些處方需要配合食物煲，僅有借此機會，那些缺乏營養，臉黃肌瘦而發育欠佳的女青年才能健康，健康的女性才有可能生育。

重男輕女在那時代的廣大農村還是很嚴重的。女人命最不值錢了！所以，沒地方消消氣的女人當然以「死了算」來反抗這不平等的封建習俗。

農村老婦

農村少婦

瘋了也要生個男仔

　　二十世紀七十年代，為了加強農村醫療，縣衛生局讓我到縣醫院進修婦產科，完成後返回原公社衛生院以婦產科為主的西醫生。

　　在這小公社裏，各部門的「國家幹部」，不論全民或集體制人員關係都不錯，大家都是最基層的幹部。

　　有位負責保衛科的幹部黃某，為人正派、工作實幹，很受群眾稱讚，他很尊重我們醫生，不會瞧不起我們這些從城裏下來接受改造的「臭老九」（知識分子）。他的妻子是農村婦女，因為婚後自然流產過三次，特帶來找我看病，希望能再懷孕後「保」到足月才分娩。

　　這次懷孕真的「保」到37周才分娩，也許是「巧合」，也許是她聽我的勸解沒有「壓力」，總之，我們勝似朋友了。成功生了足月女嬰後，她再孕育兩胎，成了共有三胎的母親了。

　　在那時代的農村仍重男輕女很嚴重，締固的思想下，她希望再懷孕追個男嬰。對於一位農村婦女，找到一個好「歸宿」，願意生育，締造多子多福的家庭，其實無可非議！我

媽媽生了我們8兄弟姐妹，我家婆生了我丈夫12個姐弟妹。

　　然而1974年開始，全國性的由城鎮到農村大規模計劃生育運動展開，幹部要帶頭，包括我們在內，已生育兩胎以上的要實施有效的「計生」措施，幾乎是強制性的行政命令，違者必受行政處分。

　　那時黃某因工作出色晉升縣公安局當局長，正遇上「計生」要落實措施，他已有三女孩，而且妻子又懷孕第四胎。按規定必須把懷孕不久這胎流產，再加有效的避孕措施。否則黃局長會受處分。老黃（我稱他）對妻子勸導，但妻子重男輕女思想頑固，和他大鬧。

　　正好有一天，我在縣城開會見到黃局長，他以朋友交情懇求我幫勸黃太接受「流產」，當我和黃太見面時，正好她流着血對我說：「小腹痛，稍有流血」，此時我順水推舟勸她住入縣醫院婦產科並陪她去。老黃也跟着來到醫院並當機立斷請醫生為黃太施流產術，醫生對此倒按醫院的「計生」規定也是符合「流產」做法，因此黃太在很不情願下被「流產」下三個月大的胚胎。並放入宮內節育環。

　　本來這樣處理，在當時是很平常正當的，好多婦女是不甘情願地接受「計生」手術，但形勢所逼只好接受。然而黃太的性格脆弱、憂鬱，她流產後心情更壞，哭鬧不吃不睡，打她丈夫，罵醫生護士，強說這胎是「男嬰」，也罵我騙她住院等等……幾乎發瘋了！

　　出院後，老黃送她返鄉。

兩年後，我獲準到香港會親，在縣公安局打聽老黃已經不當局長了，聽說她老婆又生了個「男仔」，局長的職務因違反「計生」政策而被徹消了，老黃僅保留「黨員」在家鄉務農，然而黃太很高興「男嬰」，有時也瘋瘋癲癲抱着孩子笑，家庭的重擔都壓在老黃一人身上，他們唯一的快樂是夫妻相隨，有了個「兒子」傳代了！

　　幾千年來中國封建社會男尊女卑的思想深根蒂固，解放後，婦女地位有很大提高，但封閉的農村重男輕女仍嚴重，農婦自身瞧不起，甚至還有棄女嬰現象，出現慘不忍睹的害死剛出世的女嬰！

　　隨着時代車輪向前運轉，現代人對生育意識也改變了，女青年獨立自主喜歡「貴族式」的生活，不結婚，不生育，或者有種種理由⋯⋯和傳統式的婦女完全相反。

　　我不反對生育有自由選擇權，但希望世界上能真正獲得男女平等，現在還有十歲女孩被強嫁給七十歲的老翁，也有拐賣孩子的，拐賣新娘的，有因婚姻破裂造成女性承負家庭重擔。由於生理上男女區別，女性身體弱勢是現實，男強女弱，在家庭暴力中，女性受害較大。

　　因此做為社會工作者，或為女性、嬰孩服務部門，或廣大的媒界工作者，仍然要繼續努力，為家庭的和諧、社會的安定貢獻力量。

農婦暗病 ──「子宮脫垂」

　　早在二十世紀六十年代，我在偏辟農村衛生院任西醫時，見過不少農婦認為見不得人的暗病 ──「子宮脫垂」。現時代婦女已少有此病了。

　　在1965年「6.26」衛生方針指引下，為了改變廣大農村缺醫少藥的落後衛生面貌，我們到衛生院的大、中專醫生，一部分加強提高醫療專業水平到縣醫院進修，一部分堅持在衛生院訓練大隊的「赤腳醫生」，培訓鄉村的「接生員」，和下隊進行巡迴醫療。

　　七十年代初，全國展開對生育多胎的人群施「計划生育」，我們下鄉「計生」隊除執行「計生」技術任務外，對農婦患「子宮脫垂」病的治療。一方面宣傳產後婦女保健，另方面對有患「子宮脫垂」的婦女鼓勵勇敢接受適當的治療。她們長期怕羞，認為見不得人的「暗病」，忍受痛苦，得不到家人和社會的同情。

　　我們所在的三萬人口的小公社（分為十幾個大隊），查出「子宮脫垂」的患婦已有四十多人，還有不少老婦女仍不敢求治。

為改變農村的落後衛生面貌，解放軍醫生研究一種注射劑，（代號？）用注射針從陰道入口，注射宮頸「三、九」點兩側，深處注入支撐子宮頸韌帶，此注射液能夠有效地收縮和固定韌帶作用。我作為婦產科醫生也接受此項手術訓練，另外也可以從腹部行「子宮圓韌帶」縮短術，但此項比較複雜。平時最常見是上「宮頸托」，患婦在衛生院門診，教會她如何自己從陰道入口擺上適合的「宮頸托」，當然，每種治療都有不足處。但通過治療，都有一定幫助，改善她們的生活質素。逐漸地，她們對我們醫護人員情感加深，信任我們，向我們說出真心話，由於長期貧困，營養缺乏，懷孕時挺着大肚子也要挑重擔、下地耕田，有時分娩在農忙時節，沒有好好「坐月」，產後沒有調養和休息。

　　有人說，她已知臨盆還在田裏，開始腹痛才趕回家，剛踏入門檻，孩子落地哇哇哭，來不及叫接生員，自己抱起孩子到牀上，自己拿剪刀斷臍帶……，讓我聽得驚呀不止，有如看驚險片一樣！而且產後自己燒火煮飯，僅臥牀幾天，滿月後背着初生嬰兒下田耕地了。

　　許多農婦說，生育男嬰時，家婆才拾得照顧她「月仔」有干飯吃，如果生女嬰別想了，只能苦受！說得眼淚流下……

　　婦女懷孕、產時產後如果得不到關懷照顧的話，或許遇到病，身體虛弱不堪，或有生育多胎的，子宮下垂的機會更大。

支撐子宮的韌帶鬆弛而導致子宮脫垂也有輕重之分，輕的宮頸達陰道口，重的脫垂到外面，有的甚至陰道壁也翻轉下來，如大燈籠，或皮球樣，甚至更厲害。

　　記得有天上午，從偏遠大隊接生員送來一難產婦，檢查時發現陰道口一大水腫變樣並發臭味的宮頸像大「肉團」。

　　詢問得知她原患中度「子宮脫垂」，習慣了痛苦而不求醫，無意中發現停經，40歲婦女以為「收經」了，等腹部逐漸增大又發覺「胎動」才確認是懷孕，她反倒高興，想生後才治療「暗病」。

　　一直到足月，她實在很痛苦，習慣熬苦的女人認定苦命，是天注定的，因胎比較下墜壓迫而導致宮頸水腫，每日的行走磨擦這脫垂的宮頸而產生感染，宮頸腫脹又糜爛得很厲害，無法從陰道分娩。因此，我們一方面聯繫上級醫院，另方面立即進行剖腹取胎術的準備。

　　正巧專區醫院外科葉主任在本縣醫院，聽我們報告後，他隨縣醫院婦產科周醫生等人乘救護車出發，約兩小時到達，我們已準備就緒。我幫腹部取胎術，取出一活男嬰，而葉主任和周醫生從陰道進行「宮頸環切術」，由於「糜爛」太厲害，幾乎無法逢針，葉主任邊做邊搖頭，如此的手術還是首次。還有多位醫護人員共同協助，手術的創傷是相當大的。

　　預計術後的感染是必然的，除支持療法外，使用大量抗生素，我們心中萬分擔憂患婦，接下去一周控制高燒，加強

各方面護理。到了第十天，產婦狀況稍好轉，家屬堅決要求出院。

　　那時代電訊差，交通也不方便，我們沒辦法「家訪」，我心中仍七上八下地惦掛，直到約滿月後，有人來報說她現在身體逐漸好了，還說以後親自來感謝醫生護士。頑強的生命意志奇跡地生存下來了！那麼大的手術和產後感染，那麼虛弱的體質，僅靠那「抗生素」可以治療好，確實難以置信！當然那時沒有「抗生素」泛用的情況。

　　讓我最深感敬佩的是中國農村窮困的婦女，她們勤勞勇敢和犧牲自我繁延後代的優良傳統精神！

和阿玥相會

　　那天一早我接到早年定居美國夏威夷的朋友阿玥已到香港的電話，說要和男朋友來探我，有遠方來客，內心泛起喜悅的浪花。不久又傳來她清亮的聲音，說從尖沙咀剛上大巴了，我提示她在我住家附近的停靠站下車，等我去接。

　　當我估計大巴將到站時，天空灰暗、烏雲密集而來，我多帶把雨傘，出大廈時正下大雨，我衝出大門，衝過斑馬線，直奔約有兩百米遠的停靠站，氣喘吁吁地望着一輛大巴靠近來，……車門一開，正好是阿玥和緊跟後面的男朋友，他們提了好幾袋禮品，說是我兒子拜托她帶給我的，也有他們的手信。大家雖然有雨傘，但步行到大廈時，外衣都淋濕了。

　　我們已有十多年沒見面了，所以再會時格外興奮歡喜，到家後立即喝上熱茶，一瞬間，她和男友笑得特別燦爛，我為她欣慰，內心祝福她找到真正的快樂。

　　交談中知道早年在家鄉已認識了他，但陰差陽錯，命運弄人，他們無緣成對而各自成了家。而後阿玥和丈夫攜子女隨鄉里人移居美國。

阿玥勤奮好學、性格開朗，到美國後她從當酒店清潔工到自己賣小食、開小餐館等勇敢拚搏，在陌生環境中她摸索經驗，創業努力上進，培養兩子女成材。讓她最失望的是丈夫懶惰而又自私，且好賭，輸掉阿玥辛苦積蓄的錢，不負責的丈夫終於破裂了夫妻感情，阿玥幾乎崩潰了！最後只好離婚，已懂事的兩子女都跟着媽媽一起生活，按阿玥對我說：「我被丈夫欺侮二十三年了！」那時四十多歲的阿玥終於解脫了精神的折磨，她又開始新的人生旅程，有了信仰，有了人生目標，她學習電腦，學開車，僅有初中文化程度的她已累積不少謀生經驗……

　　兩孩體察母親的辛苦，邊打工邊讀書，後來並成家立業。阿玥仍自強不息地工作，還幫操養孫孫，她生活充實而快樂，燦爛的笑容常掛在圓臉上。

　　讓我沒想到的是七十歲的她才遇上心意的男朋友。她衝破傳統女性的保存觀念，接受上蒼為她的安排，似乎是天掉下來的緣遇，為她開啟晚年幸福大門！

　　她向我介紹這位男朋友是六年前才從大陸移民到美國，更巧的是也申請到「公屋」，居住在同幢大廈，而且同個華人基督教會。男朋友也是經歷過崎嶇坎坷的人生路……月下老人把這對已七十多歲的男女牽紅線，讓他們在共同情趣中締造幸福晚年。

　　我和阿玥同是「四十」後女性，幸運生長在女性解放的時代，但固守的「三從四德」傳統，嫁雞隨雞，嫁狗隨狗的

意識還殘留在社會裏，不少夫妻不和睦大吵大鬧在家裏，外面依然忍受，怕被說是非笑料，農村裏的女人，為妻的地位更低了。不少「媳婦」是高價買來的生育工具、勞動工具，只有到自己當「家婆」了才稍有權利。還有更可悲的是女人自己瞧不起女人，以生男為傲……

阿玥在人生路上受盡許多痛苦，但她自強不息，以面對困難的勇氣衝破壓力和困境，終於在晚年享到人生又一次新生，她快活、精力充沛，如同回到青春歲月，她那如向日葵花朵永遠向着陽光的人生對我很大的精神啟迪。

女人完全可以把握自己命運，本該屬於我們的，追隨社會的進步潮流，勇敢地追求和創造自己的幸福！

（2017年3月）

打工好姐妹

陳冬梅四十多年前隨夫攜子女五人從廣東移居香港，如今剛邁七十，卻已像個滿臉歲月風霜的老婦人。

她出生農家，自幼雙親病喪，由姨媽操養她成長，自認苦命，平常很少有微笑。初到香港時，安家在鑽石山木屋區，在就近的新浦崗製衣廠打工，認識了同車衣女工友的春燕、荷花和秋菊，從此，她多了笑容。冬梅年紀最大，大家稱她「梅姐」，慢慢她們友情與日遞增，成了忘年交的好姐妹。

不久前，已定居加拿大的春燕返回香港過年，電話約幾位好姐妹在茶樓會面。

在香港平時較常與冬梅來往的是秋菊，但近年來秋菊要照顧九十多歲的高血壓中風後遺症的老母親，因忙累很少給梅姐打電話。荷花經常到大陸幫兒子打理生意。大家已久沒相見，趁着這次春燕回港，找個時間歡聚一堂，實在難得。

為了方便梅姐，選定靠近她家的茶樓飲午茶。當秋菊打電話到梅姐家時，梅姐大女兒接聽，說：「秋菊姨，這些年來我媽記性很差，前天又被陌生人騙買一大包『人參粉』回

家，要我們沖喝。」秋菊答：「你媽好心腸，當然容易被騙啦！老了，記性差了，我們約定她明天中午在茶樓會面」，梅姐也接過電話，知道在某茶樓相聚，很高興並大聲說：「一定去」。

翌日晌午，春燕先到茶樓，一會兒荷花、秋菊到了，她們等了一會兒未見梅姐來，秋菊說：「我去找她，你們先上茶」。

當秋菊走到通往梅姐家的墜道口處，遠遠見到她正與另一中年女人講話，走近時，那女人神兮兮地走開了。

秋菊問：「梅姐，等你飲茶啦！」，梅姐有如初醒似的，「係噢，我差點忘了！」用手輕輕叩自己的額頭。「那人是誰呀？」秋菊追問着。梅姐說：「我也不認識她，說是大陸來的，要等新加坡來港的親人，但現在錢用光了，這裏又沒有親友，祇好向過路人先借錢。」秋菊再問：「你給她錢了？」梅姐支支吾吾地說：「說會還我的，還問我要手機號以便聯絡。但我忘了帶手機，身上僅有兩百元送給她了。」

「梅姐，我看她是個騙子。」秋菊拉着梅姐的手，一起快步向茶樓走去。

四位久別重逢的老姐妹，相見牽手呼喚不停，梅姐佈滿皺紋的臉龐展開了笑容，大家問長問短不自覺地進入回憶中……

在那廿世紀七十年代南下移民潮中，她們從廣東農村移

居香港，都住在鑽石山木屋區，又在附近的新蒲崗工業區製衣廠當車工。在新移民的艱辛歲月裏，她們從認識、相互幫助到增進情誼。有次春燕家附近木屋起火，因「救火」牽連，滿屋的泥水，兩孩借住冬梅家好幾天。後來，她們互相介紹孩子就讀的學校，互通申請公屋的消息，總之，個個都是傳統的家庭主婦，誰有困難相互幫忙，建立了姐妹般的情誼。

直到九十年代，不少製衣廠遷往內地，她們先後轉工，識字較多的秋菊當收銀員，荷花常去大陸幫兒子創業，春燕全家移居加拿大，陳冬梅在某公司當固定的清潔工。農民出生的丈夫雖文化不高，也申請某部門的清潔職工，夫妻倆勤勞工作，由木屋區搬入了公屋，三個孩子都入讀小學，一家生活可算穩定。

在冬梅四十五歲那年，她丈夫受別人影響，跟着人家去剛開發的深圳花錢玩樂，並將家中儲蓄款取走，還在深圳買樓收住一位「北方妹」，不顧香港的子女，對冬梅態度極兇惡。冬梅對他的容忍和窺勸都沒用，最後請求「社工」的幫助，終於與曾是共同挨苦幾十年的過半百的丈夫離婚。三個子女都跟冬梅。

冬梅含辛茹苦，把孩子栽培成有知識的人，經過這段感情受創後，冬梅精神幾乎崩潰，心悸、消瘦、脾氣也變差。有次對女兒說她心跳得快掉出來了。兒女催她去看醫生，結果診斷為「甲狀腺機能亢進」。並飲了杯治療的「放射碘」

水。除外，還患有「缺血性心臟病」，需要定期覆診……

今天相聚茶樓裏四位好姐妹盡情地回憶往事，有的邊講邊拭眼角的淚水，不知不覺中過了幾個鐘頭。憶昔撫今，現在各家子女已出息，最擔心的是年老病也多了。秋菊僅年幼冬梅兩歲，但最健康，她一年來為護理因高血壓中風的母親忙碌不休，有時也很煩燥，她說今天最開心！

茶敘後，大家先送梅姐回家，冬梅的大女兒剛回到家，並招呼諸位阿姨說她老母親近年來記憶退化很多，常出門忘了帶鎖匙，忘帶手機，家中已有的東西買了又買，也曾經走錯路。女兒說剛剛巧遇一醫生朋友，認為老母親的狀況像「大腦退化症」，建議去「長者健康中心評估」。說畢她馬上打電話為母親「預約」。

秋菊接着說她母親「中風」後的情況，也有「大腦退化」，好幾次吃過飯硬說沒給她吃，常愛發脾氣。

春燕也說，此次返港才知道舅母患「老人癡呆症」，正在治療中，聽說有藥可以治療，大家很關心梅姐的情況。

大約一星期後，按預約的日期，陳冬梅由大女兒陪同到長者健康中心，幾位好姐妹陸續到來。等冬梅評估見醫生後，診斷她患早期「大腦退化症」，目前要服藥控制病情的發展。

大家聽醫生解釋後較放心了，春燕說以後要年年返港，多些時間陪親人、老朋友。四位都上了年紀白髮斑斑阿婆坐在大廳的板凳上，有說不完的話，不嫌囉唆地重溫往事，被

歲月印記在顏面上的皺紋展開了喜悅的容光。

　　陳冬梅笑得合不攏口，笑容停留在春天般的臉上……她們老姐妹情誼深長捨不得分開了！

走出困境

　　七十多歲的顧太持着拐杖艱辛地走到黃大仙廟前，挺一挺腰，停立在大門口旁。她很疲倦地喘着氣，面容帶憂愁，眼睛無神采。她仰頭望天嘆息，自言自語地：「唉，好淒涼，求人難呀！唯有求神啦！」又低頭凝一會兒，才跨步向鄰近的賣香燭和生果店走去。

　　自小貧困農家出生的顧太，沒讀書，她是家中長女，要幫母親照顧小弟妹，有時要上山砍柴割草。剛18歲時就嫁給同鄉潮州人的顧全成。1960年，她隨丈夫南下香港謀生。

　　顧全成是個勤勞顧家的好丈夫，在九龍城寨他們經營小士多店，並以店為家，養育了四個子女。生活雖拮据，但夫妻合拍，粗生粗長的子女懂事乖巧，較大的子女邊讀書還能幫忙店務。

　　隨着香港政府九龍城寨拆遷重建，顧先生結束了這繁鎖的生計，他們也住入購置的居屋，大兒和女兒成家另獨自居住，小兒、小女和父母住一起，他們靠替人補習和貸款攻讀大專學院，並即將畢業。

　　顧全成勤儉又能幹，在銀行有些積蓄和投資，夫妻倆生

活過得去。不料，前年顧全成患晚期肺癌，治療無效而離世。顧太自責沒有早些勸丈夫戒煙而內疚。自從老公離世後，她體質一天天變差，腰酸骨痛頻頻發作。她很悲痛失去了一位顧家、有主見的好老公。

顧太生性較脆弱，凡事聽從丈夫，自己拿不定主意，平時即使小小的難題，她都愁眉苦臉。

正當香港也受全球金融風暴波及期間，小兒子大學畢業剛走入社會，一時難找到合符心意的工作，為此，顧太擔憂，儘管兒女一再勸她，都難解老母親的憂心。

接着，「雷曼兄弟」破產也影響香港，在涉及的股民分文不得的恐惶巨浪樸面而來。顧先生留給顧太的手頭持有幾十萬相關的債券，每天都在折磨和威脅着顧太，她惶惶不可度日。她常常流淚，埋怨自己受騙，因此更倍思老公。又極擔心子女失業。太多的煩惱困擾着她年老而脆弱的心。

顧太常因哀傷而夜不能入眠，有時半夜獨自呆坐在廳中。白天則感疲乏無力，渾渾沌沌想躺牀，但全身肌肉關節疼痛。她為此而多次求治醫生，西醫為她驗血，結果正常，服了醫生給的「安定」鎮靜藥後，覺得舒服些，睡眠較好，但停藥後又發作失眠，繼而伴隨全身的關節肌肉痠痛。她聽人說是風濕關節痛，要服祛風的中草藥，因此也找中醫師看，甚麼虎耳靈芝，田七等服用不少，但情況一直沒改善，心情也煩燥。

日子過得無奈，精神感到壓鬱，她只好求神了。以前顧

先生很能幹，不迷信。她也隨丈夫很少去求神拜佛，而如今她財虧體傷，早聞黃大仙有求必應，她祇好來求拜了。

兒女對老母親的精神恍惚，體質變差覺察到已超乎正常，他們也在金融風暴影響下情緒受挫，但卻仍鎮靜而有序地生活，而老母親確實像病態了，所以勸母親另找高明的醫生治療。

其後，女兒帶母親去看專科，醫生診斷顧太患「精神抑鬱症」，給抗鬱藥服，幾個月後已有見效。

顧太配合醫生的治療後，心境較輕鬆，氣色也不錯，香港政府也出手推出幫「股民」的有效措施。顧太終於走出困境。隨之，全身多重痛症也逐漸消失了。

困境的沖擊，顧太變得比以前堅強，她能夠微笑地生活着。現在，她經常參加社區的活動，和許多老年人一起，有說有唱，她感到愉悅，開心地過着日子。

聽玉明女士敘述

陳玉明女士是我在健康院任醫時的「顧客」。記得初見她時，她那舉止文雅、坐姿端莊，給我留下深刻的印象。她對我談吐中帶着淺淺的微笑，但眉間隱藏着絲絲的痛苦。她接受我們婦女健康體檢，因查出有些婦科問題轉介到醫院進一步診治。隨着多次見面後，她當我為朋友，吐出滿腹難言的苦水，我很同情她的坎坷人生⋯⋯

陳玉明出生於廣州，父親從事經商，母親任小學教員，家境不錯，自幼能上學，十七歲就畢業於廣州師範。因父親不同意她由國家分配到北大荒的東北工作，向有關部門申請她到香港另尋職業，那時父親有生意在香港，且她的姑媽一家早已定居香港。

玉明到港後，先住入姑媽家，後有了工作，就和幾位女友合租住房，開始獨立生活。在她的努力下，應徵到某幼稚園工作，終於有了如意穩定的謀生職業。幾年後，在女友的介紹下認識吳先生成立家庭。丈夫是吳家老大，在某公司任高級職員，陳玉明營造小家庭和事業並重，生育了一對子女健康而聰穎，和夫家的親人融洽相處，生活穩定安祥。

過了中年後，日子隨着丈夫的外遇，夫妻感情慢慢變差。丈夫常借口「加班」而夜不歸，兩孩覺得失去父愛，夫妻吵嘴翻臉增加，家婆也覺察到他們夫妻變疏遠，並說：「近半年兒子也少來探我呀！」丈夫變了，關照兩孩成長的擔子落在她身上。

又過了一段時候，她向家婆道出丈夫的「不忠」，已有情婦。家婆勸玉明：「男人變了，要抓他回頭是困難的。」因為家翁也曾是負心郎，但那時代沒辦「離婚」手續。

玉明是有學識的人，以理智的態度勸丈夫說出真心話，丈夫承認和身邊的秘書小姐搞上了，並有身孕，所以決定辦離婚，這預料的無奈降臨了，兩個小學快畢業的孩子都要跟媽媽，對父親很反感。

離婚後的玉明女士精力上仍沉重，雙親理解她的困境，通過在香港代理生意的朋友關心玉明，給於經濟上支持。在這後十年中玉明變得堅強，走出困境，兩孩已入讀大學，她自己也晉升為幼稚園校長。

她責任心強，除事業不斷進步外，她還時常帶孩子探望家婆，和夫家的姑奶關係很好。老人家告訴她，那負心的兒子娶這「情人」後生了一子，因智力低下，操養困難，兒子「後悔」了！老人家嘆息唉一聲：「報應啊！」玉明勸老人家一番真誠的話，不管怎樣，前夫一定要承擔撫養和照料這低智商的兒子的責任。

現在已上八十歲的玉明女士氣色好，仍斯文高雅氣質。

兒子已成家，孫兒常來探她。女兒步她後塵，現為幼稚園校長，和她同屋居住。

有一天，玉明女士特地電話給我並來我家作客，她心態好，能對上盡孝，對子女盡責，對社會有貢獻，真是無悔此生！她常抽空到社區老人中心為其他長者讀報，彈琴，交了不少朋友。由於受到尊重，體現了自身的價值。

我為玉明女士的堅強人生拍手叫好！像她這樣普通女性，經受了困境的磨礪，自強不息地走着人生路是值得讚賞！

夫唱婦隨

何祥已是七十五歲的老伯，但中等身材依然筆挺，戴着眼鏡的紅光顏面上仍隱約留着「俊男」的痕跡，看去有幾分「老教授」的模樣。

他經常對人說自己的人生是很幸運的，常常以此保持着開懷爽朗的笑容。

他出生在香港，三歲時母親因病離世，父親再續後，但繼母（細媽）卻很疼他，後來又有幾個弟妹，父親的小生意負擔承重，他因此僅讀四年書。少年時父親通過朋友介紹，讓他跟製西裝的「上海師傅」。

他很認真跟師，不抽煙，不飲酒，虛心求教，師傅很喜歡他，有時請他一起飲「咖啡」，喝茶。後來師傅年老體弱，此鋪頂讓給他，事業上，他可謂成功。

值得何祥幸運的，還因為他有一個賢妻，按他話說是「自小玩到大」的、小時已相識的鄰居朋友。何太小時也因家境困難沒讀書，天生長得很秀氣，自小聰明勤學，繡花、車衣一把手藝，還認識不少字。

何祥伯和何太，儘管在那較「閉塞」的時代，可也享受

到戀愛和自由婚姻的美滿，太太很聽從他的主見和大小決策，事業上，他們又是好拍擋。可真是「夫唱婦隨」。

雖然他們也曾遇到「吃不飽」的日子，也經歷過生病、小手術，何太生育的「難產」等等，他們經歷時代的動盪，社會的變遷，見證香港的辛酸動亂，但所有的困難都沒有影響他們夫婦感情的甜蜜，所有的變更都不妨礙他們對生活的渴求。和普通人生一樣，他們養育子女，艱辛地培養一對子女都大學畢業。

面臨人生路上的風風雨雨，他們保持開朗的性格，還經常開玩笑，和子女說幾句打趣的話。

認識他們的人們，親友都羨慕這對好夫妻，兒女也讚許他們：「父母文化水平不高，人品卻高，還真會享受人生。」

隨着年紀大，何祥戴上老花眼鏡，心眼、手腳都較差，所以早幾年已告退休，然而「製西裝」此行也較淡退了。何祥伯和何太興趣已轉向「安渡晚年」。他們倆一早起床，就上公園散步，牽手運動，早餐後手拉手上商場，形影不離地相扶伴行。

日子過得真快，一年前，何祥伯有晚因「應酬」，高興得多喝幾杯啤酒後，次日晨起時，左足趾弓關節紅腫疼痛，看醫生後給「抗痛風」的藥服，有好轉，驗血也認為是患「痛風」。以後，一直按時覆診和每日服藥。

兩老夫妻相互照顧，他們小心注意飲食，知道許多食

品、菜、動物內臟、海鮮不能吃的，何太也跟着丈夫注意自己的身體。

前不久，何太感覺左腳趾弓腫痛，步行時更痛。聰明的何太認為看來跟丈夫一樣患「痛風症」，還嘲笑自己感嘆自語：「啊！命裏要一輩子跟他囉！連病也跟他一樣。」因此，她自作主張了，大膽地拿老公的藥服。真巧，服後疼痛緩解不少。於是她一連偷服了三天。

然而，幸運並不持久，何太居然又疼痛加劇了，而且俺蓋不了痛苦的表情，被何祥伯知道了，老公的心更為她焦急起來。牽拉着她搭的士去看急症了。

醫生詳問何太趾蹠關節疼痛經過，又做檢查和化驗後，認為也不是患「痛風症」，勸告她不要隨便服丈夫的藥。

老夫婦倆癡凝地對視一下，面不笑，而心裏卻感到好笑，幸虧還沒造成惡果。

何太最後被確診是風濕性關節炎，大蹠關節僵硬。其後，她都按醫生囑咐服藥和適宜的處治，疼痛減輕了，病情得到控制。

兩老夫妻雖然都是趾關節痛症，卻是患不同的病了。不過他們真是相親相愛幾十年如一日，孩子兩家還特為這對「夫唱婦隨」的敬愛父母設宴慶賀金婚呢！

昏昏欲睡

楊吉晚上八點放工趕到家，10歲的兒子不高興地在他耳旁說：「爸，下午阿叔來電話，嬤嬤睡得很懶，我大力搖她都不肯起身接聽電話。」因大家都知道，平時老人是最高興和小兒子傾電話。

「嬤嬤老了，又有病，讓她睡，你別吵她，」楊吉安撫孩子，但小孩嘟嚷着：「嬤嬤變了，又懶，又不理我了。」

「小孩子不準亂講，」楊吉說着，但他心裏明白小孩不會說假話，他和太太最近也察覺老母親病情有變化。

楊吉和在大陸開拓新事業的弟弟楊新都很孝順母親。隨着年月推移，母親衰老多病，使他們很擔憂，他倆真心希望母親晚年能快樂，因為母親為他們付出太多了……

母親也姓楊，名靜雯，出生於廣州市。因其父親開出入口公司，她自小幸而可讀書，1955年幼師專科學校畢業。本來接受國家統一分配，通知她到「大涼山」少數民族地區當教員，但其父親擔心女兒不適宜少數民族工作，因此，向有關管理部門申請，將楊靜雯留在廣州地區。後來批准她不必去。那時，她的姑、姨媽在香港，在父親的安排下申請她

到香港來謀生了。

她初到香港住在姨媽家，並找到「幼稚園」的教師工作。在同事的介紹下，她和同姓的當工程師的楊先生結婚。生下楊吉，五年後，又生下楊新。當楊新未滿三歲時，孩子的爸爸不幸在工地意外重傷，不久去世。雖然有些賠賞，但仍難糊口度日。楊靜雯勤奮工作，娘家做出入口生意的父親也資助她一些，勉強撫育兩兒讀書。

大兒子楊吉在高中畢業後出來謀生，減輕母親的重擔，二兒子楊新靠邊讀書邊打工，修讀了大專學院。近幾年來，楊吉、楊新風華正茂，事業有成。

隨着大陸的改革開放，楊新又開始在大陸工作，兩兄弟早已計劃讓母親可以來往香港和大陸兩地，快樂地渡過晚年。但沒料到，剛踏入七十的母親頻頻健忘，行動也較遲鈍，但仍可生活自理。她除每日清晨公園散步外，經常到社區老人中心活動，和許多老人唱歌，讀報，她特別喜歡「老人生日會」。家務事慢慢都由兒媳料理了。

三個月前某天，她因迷失方向回不了家，後來鄰居朋友帶她回來，她自己說是太疲倦所致。日常中也常遺忘該做的事。

大兒子覺察母親的記憶差了很多，帶她去見醫生，這私家醫生認為她有早期大腦退化症，給他處方「愛憧欣（Aricept）」此藥，並說明須堅持服幾個月。

至今她已服藥一個多月了。家人很注意楊老太的飲食起

居和完時服藥。但老人卻似乎愈來愈沒精神了，很愛趨床睡覺，情緒低落不理人。所以十歲孫兒認為嬤嬤變了。楊吉問候老母親，也感到老人無趣攀談，木納似的表情，楊吉又再慎重地考慮後，就這晚馬上給弟弟楊新電話。他倆考慮可能與藥物有關。

次晨，楊吉特地抽空帶母親找原先就治的私家醫生復診。但醫生不認同是藥物的副作用，也沒大進一步解釋，沒有更改治療。回家後，楊吉心煩意亂，處於愛母心切，覺得此藥不適合老母親，不該如此下去。決定讓母親停服此藥看看。

停藥後，母親還是整天昏昏慾睡，甚至飯量大為減少，楊吉夫婦不知所措了。

正處困擾時，楊吉接到楊新電話，聽楊新說很快抵達香港了。傍晚楊新剛到，老母親見自己最疼愛的孩子回來，雖然也顯出高興，但總不如昔日的神彩。

天一亮，兩兄弟催老母親起床吃早餐，困惑中的老母親還聽勸喻。然後他們帶她求見另位私家醫生，醫生認為楊老太的病較複雜，經認真地檢查和評估後，診斷除了患老人癡呆症外，還有抑鬱症。

醫生向家人作了詳細的解釋，增加他們對母親所患病的認識，以便能周到地照顧老太的生活。

楊老太在親人的悉心呵護下，配合醫生的治療，幾個月後已基本控制病情了。楊老太又記起老人中心的「生日

會」，慢慢地增加行走和到社區老人中心活動。見老母親病情穩定，楊家兄弟很欣慰。

非同小可

「嬤嬤，嬤嬤，」聽到一孩童的哭喊聲，幾位過路人迅速地圍上去，見靠近街市的行車路旁，斜倒着一老太婆。阿婆額邊淌流着血，有人拿着手機正在呼救護車。

有位老伯認出阿婆是此鄰近屋苑的劉老太，他托人去附近五金鋪叫她的兒子。五歲的孫兒一直緊挨在嬤嬤身邊。

一陣子，救護車已到，將劉老太扶上車，她兒子也陪同去。在急症室接受醫生的檢查後，護士為阿婆清洗頭額皮膚擦傷口，老太婆一直很清醒。她嘮叨地求醫生：我跌過好多次啦，沒事的，趕快給我回家吧！

劉老太一生是久經風霜、堅韌勇敢地過日子。她出生在廣東省某江邊小鎮，父母親一家人是靠體力謀生。在日本侵略中國時候，她們生活極痛苦，九歲時父親因病離逝，她吃不飽，頭皮頸部長滿疥瘡，連頭髮都掉光。她撿垃圾、賣破爛，渡過悲酸的童年。剛十六時，她當「咕哩」，即當搬運貨物上船和御貨的苦力工。

記得在夏日炎陽當頭，她身流臭汗濕透衣裳。那時，為了解熱，和幾位同工的女伴就圍起來，沒有解衣服，就把江

水拿來淋浴降溫。然後又在炎陽下繼續做工，衣服自動曬乾後又被滿身的汗水浸濕了。

難以言喻那時代的艱困生活，在困境中，她煉就了堅強不倔的性格，後來他廿歲那年，就嫁給劉家，跟丈夫來到香港。勤勞顧家的丈夫和她很合拍，他們初到香港時都在工廠做體力工，不久後夫妻倆打理了一間「五金鋪」，也生了一兒子，後來流產幾胎。

丈夫因老去後，她也上了年紀了，和兒孫為伴，但她仍保持勤儉作風和強悍性格。兒子和媳婦經營「五金店」，她幫料理家務，每日上街買菜、煮食，洗刷，終日手腳不停。有空也常和孫兒玩，劉老太勞勞樂樂地過日子，她逢人說自己是「勞樂命」。

然而，這次跌得非同小可，她沒辦法自己爬上來。她在急症室處理後，留住在日間觀察病房幾個小時。醫生並無發現劉老太腦神經障礙，頭顱X光檢查也無發現異常現象。

在劉老太的強烈要求下，醫生準許她回家，並交代她和家人如有甚麼變化要及時來看醫生。

回到家後，老太一身輕鬆似的，又一如既往忙碌家務事，簡直忘記自己才出院不久。

兩天後，老太因左腳乏力，無意中失去平衡歪斜地倒靠在餐枱旁邊，因身體慢慢跌下，並無皮肉損傷，她一點也不在意，沒有想到求醫，也忘記告訴兒子。

又過了四天，她覺得左腿愈來愈無力，顯得行走困難，

力不從心，她使出全力，大膽跨步，然而，左腳全不聽使喚，失去平衡再次跌倒，房裏孫兒聽聲出來，立即打電話告訴爸爸。

當兒子趕返家裏，要送她去急診室時，老太因神志清楚又不肯，她認為是左腿乏力問題，不要緊，到急診室肯定要輪候，又被觀察浪費時間。兒子改變主意，還是帶她先看普通科門診好了。

經醫生詳問病史和檢查後，懷疑劉老太非一般病症，可能有腦血管病變，因此馬上轉送她入醫院處理。

最後，醫生證實劉老太是硬膜下大血腫，與幾天前的跌倒頭部受創有關。

這次劉老太住院非常配合醫生的處治，她雖然性格強硬，但明白道理，不固執，她勸兒子放心，並自己認老了，以後會加倍小心。兒子為她準備了「安全拐杖」，行走較穩妥。不讓她操勞過度。一家人都非常關心和注意劉老太的健康。

我好開心

　　六十來歲的周太終於實現一家人出外旅遊，於返港隔天，滿臉春風，按預約來到專科門診部覆診。

　　周太剛踏入醫生房，如喜逢貴人似的，顏面展出燦爛的笑容，「林醫生，我好開心！」她脫口而出，林醫生立即反問：「甚麼事情開心呀！」

　　「非常感激您，我已完全好了，一次也沒再漏尿了。早知道能醫好，我也不必忍耐這麼多年啦！」周太真誠的口吻，要將滿腹的感激話倒出來。

　　林醫生為周太檢查後，很滿意她的覆康，讚她有恆心和毅力，才能有這麼好的效果。

　　覆診出來，周太意外地見到坐在候診室的邱醫生，「早上好，邱醫生，我完全好了，很開心！您也是來見林醫生的？」周太早已把這位政府普通科門診部的邱醫生當朋友。

　　「是呀！我來覆診，我也好多啦！」邱醫生友善地回答，旁邊坐的還有幾位女士，投來了羨慕的眼光。

　　「邱醫生，非常多謝您，如果不是您介紹和鼓勵，我還不知要辛苦多久呢！昨日我才跟家長途旅行回來呢。」周太

興奮地對邱醫生敘說。接着，輪邱醫生入房覆診了。看邱醫生那特別的身段和步態，周太回想起認識她的趣事來……

那是在去年的某天早晨，周太與一位穿着整齊套裙的中年女士恰好並肩坐在大巴士座椅上。當時聽到女士咳嗽了一陣，到站下車時，周太無意中看到這位女士座位上留着濕印跡，周太跟其在後下車，又見她裙有濕跡。正好周太又與她同路，在後面清楚地看見她那又矮又胖的「Ｓ」形身段，扭着腰的步態很特別，見她忽忙地往前小跑趕路去。

忽然，周太同情起她來，因又想到自己，「難道她和我一樣會漏尿嗎？」一種同病相憐的酸溜溜的感覺湧上心頭來。

幾天後，周太因感冒咳嗽厲害，漏尿也隨着增多。繼續用衛生巾墊着，還不敢讓家人知道，自己一人去政府診所看醫生。

當周太進入醫生房時，立即認出眼前的邱醫生正是幾天前在大巴士上漏尿的那位女士。她極力按壓住內心驚訝，因生怕引起邱醫生的尷尬。

周太感冒症狀主訴後，又鼓起勇氣說她從前年開始有漏尿，並在咳嗽、打噴涕時厲害，在追趕巴士小跑時尿量漏更多。說自己很窘迫，這麼醜樣亦不想給家人知道。

邱醫生向她解釋，在上年紀的女人中漏尿情況不少，佔30%左右。她說自己也是，已安排不久要手術了。所以勸她不必害羞，早期醫治效果不錯。

從與平易待人的邱醫生談話中，才知道她是因脊柱缺陷，懷孕時成「懸垂腹」，產時困難而影響了膀胱與尿道的結構。而周太是因多產，產後恢復欠佳所致。

自見了邱醫生後，周太解除怕羞的顧慮，向家人說出此煩惱，家人為她報告一體格檢查項目。

醫生向周太詢問病史，進行評估和檢查，排除了尿路感染和糖尿病。後來介紹她看專科醫生。經一系列的檢查，用儀器測定盤骨底肌肉力度，進行尿流動力測試等。確診周太屬於患「壓力性尿失禁」，而且仍屬早期。

另外，專科有導師教會她如何忍尿、放尿似的收縮和放鬆的盤骨肌肉運動。可以強化陰道、尿道、直腸周邊的括約肌。

周太嚴格地堅持訓練，半年來的苦練已見效果。她心境也開朗起來，有如返回青春，雖然也出生在城市家庭，但師專畢業後分配在農村當教師。在那僅能溫飽的歲月裏生了四個孩子，產後欠調養，她體質變差。但她一慣愛唱歌、跳舞的興趣沒減。現在還參加保健舞蹈班，而且，跳舞時也不再漏尿了。

現在周太經常好心地勸說女朋友：「女人容易患尿失禁和尿頻常與生育有關，不要害羞，盡早求醫是可以治好的⋯⋯」她說出自己的經驗教訓，對別人有幫助，覺得活得更有價值。真是好開心呀！

小事爭執的真相

　　去年初夏有一天，65歲的李順達陪女兒李小玲來健康院報導任職護士。這位於新界旳小健康院員工見到他倆，頓時發出「嘩啦」聲，以讚賞、又驚嘆的神情來迎接來客。接着，請老李和小李進寫字樓坐下。

　　老李是本區的地政處退休公務員，許多部門的人員都認識他，因他多次陪太太蘇金妹來此健康院做「宮頸細胞」例行檢查，所以醫生和護士讚他是好丈夫。陪着小李第一天上班可也算是奇聞，真是個好爸爸。

　　小李自從分配在此健康院當護士後，因勤奮肯學，且性情柔和，斯文得體，羞答答的可愛，大家很喜歡她。才20來歲的李小玲任職不到一年，得像熟手的姑娘，獨當一面。

　　平時臉上充滿陽光的李小玲，最近時常出現悶悶不樂，似乎憂心忡忡，楊護士長曾提醒她一次。

　　有天下午是健康院「計劃生育指導」時段，小李進入陳醫生房當助手。忙碌一段後，剛好有空閒時間，小李心有餘慮地問醫生：「陳醫生，半年來我父親脾氣很暴燥，經常為些小事與媽爭執，我真煩，以前我們家很安寧，父母親一慣

很和睦的。」

陳醫生邊聽小李訴說，邊肘思……她認識老李已久，因都是這小區的公務員。李順達出生於廣東農村貧苦家，小時僅讀幾年書，16歲時隨長兄來香港謀生，早年靠賣苦力貨店鋪挑重擔，賺錢少，有時夏天晚上用木板鋪在馬路邊過夜，他勤儉，又從不賭不抽煙，每逢農曆過年才返鄉下探望父母親。

過了卅五歲後，在親友的催促和朋友介紹下，才和小他十歲的本地出生的蘇金妹結婚，四十歲的老李才當上爸爸，他有了這心肝寶貝女兒，當上父親的那年，他應徵被錄用為地政處人員。其後又購買了「居者有其屋」一單位。

太太在「夜銷店」當售貨員。性情柔順的女兒進入政府醫院護士培訓班，一家三口人，生活過得去，他很滿足，很開懷，小家庭溫馨快樂。

當聽完小李訴說後，邊聽邊思索的陳醫生說：「會不會身體有甚麼毛病？」

這時，敲門聲響了，走進來小李的母親老客蘇金妹，她已有兩年沒到健康院，今天要做宮頸塗片和身體檢查。倆母女在此與陳醫生相會，因熟悉朋友式的問候後，陳醫生為蘇金妹做了檢查。

蘇金妹帶幾分煩惱和憂慮心情，訴說她半年來睡眠差，她「夜銷店」放工後，有時白天要休息，被老李開着大聲的電視音響吵得不能入睡。她問陳醫生：「男人有更年期的情

緒混亂嗎？」

小李在旁也插話：「我爸爸會不會是退休症候群？」她說爸爸講話變得大聲振耳了，家裏為些小事常吵鬧。

陳醫生說：「還是勸他去看醫生好，會不會是聽力減退？正如我們診所楊護士長，她曾患『耳膽脂瘤』，切除後聽力仍差，講話特別大聲，有時像跟人吵嘴一樣。有次一位替假的女工人還以為被她罵而偷哭。不了解楊護士長的人以為她態度不好。」

小李和蘇金妹不約而同地點頭說：「係，有可能！」小李和她媽媽回家後勸老李去見醫生，起初老李說：「人老了，難勉有聽力減退的。」但他明白親人的關心。

第二天，他先去約見政府普通科醫生，醫生說上年紀人通常聽力會減退，但不可忽視有可能是惡性的病，最好去耳鼻喉專科檢查。

通過專科醫生檢查後，診斷老李患右耳「耳骨硬化症」。醫生認為要做「鐙骨切除術」。

小李很感激陳醫生的啟發，說她父親手術順利，康復好，有可能以後要配戴助聽器，她爸媽互相體諒和照顧，小家庭又變回以前的和睦相處，小李的工作又一如既往開心和活潑。

劉婆婆減肥成功

　　六十五歲的劉婆婆是出生在菜農家庭，在家中她是大姐，因家境貧困，且受重男輕女的影響，父母親沒給她讀書，她要種菜和幫助照顧弟妹。劉婆婆僅認自己名字「李初八」三個字。

　　十六歲的李初八嫁大她十歲的劉大年。家境比娘家更差，仍以農耕為主。初八進入劉家後，承傳勤儉的婦道，相夫教子，為忠厚憨直的丈夫生了五男二女，雖然勞勞累累持家養育子女，但最讓她顯耀的是多子多福，真不簡單！

　　隨着時代的進步，農家耕作的改善，減輕他們常年的蹲地和肩挑的辛苦，家境也變得寬裕些。子女都能讀書，而且靠自力更生走上正道。

　　丈夫在剛過七十時，因高血壓「中風」不治離世。現在劉婆婆和兩個最小的子女同居住在九龍某屋苑。善體力勞動的她，身體一直是健狀的，但曾長年累月的蹲式勞作和肩挑重擔的負荷，劉婆婆兩腿已漸向內彎曲。走起路呈「內八腳」樣的搖擺着。她自己發覺雙膝愈來愈不受力，在天氣變化，特別潮濕冷凍天時，他痛得厲害。自己用「風濕油」擦

擦舒解痛楚。

晚年的劉婆婆已不必操重活，她把買菜、煮飯當成是鬆鬆筋骨，對她來說家務並不費力，不複雜。她每天還有時間消磨在公園和茶樓裏。經常與好幾個「師奶」，有中年和老婦一起飲茶，談論三姑六婆的八卦新聞，快樂地過了一天又一天。

在茶樓裏，劉婆婆最喜歡吃點心，幾位投契的婦人都不懂得品茶，總是以吃點心為主，個個飽吃一餐。俗語：「有吃便是福！」上年紀的劉婆婆心情開朗，胃口很好，大家稱她是「老來福」。

劉婆婆不經意中發福了，挺着肚子走路搖搖擺擺，兩腿顯得不穩，向內彎曲得更厲害，她體重隨之增加，大大超過標準。

然而，隨日深月久，她難以承受肥胖的體格，雙膝關節疼痛加劇，外用風濕油已不起作用。劉婆婆時而發出唉嘆聲。

在她堅韌性格仍忍受不了疼痛時，她求私家醫生醫治，醫生說患退化性的骨關節炎，給他抗風濕關節炎止痛藥服。服後有些好轉，但一段時間後又發作痛徵，疼痛有加無減，也變得不愛到處走動，也沒興趣吃飯。

平時經常和她一起飲茶的老友來關心她，有位介紹她到附近中西藥房買成藥。服了老友介紹的藥丸後，劉婆婆覺得明顯減輕痛苦，人也精神些，食慾又好了，她開心地吃食

物。她視此藥為靈丹妙藥。有這麼好的藥能治，她決定去看政府診所，請醫生開又省錢。當見到醫生說出要求時，醫生指出並不清楚她講的藥丸，但勸她不該服性質不明的藥。

劉婆婆服政府醫生開的「止痛藥」覺得效果不好，她沒理會醫生的勸告，而自己花錢去藥房買此「靈丹妙藥」來服。

劉婆婆幾乎依懶了「靈丹妙藥」才緩解痛楚，但隨胃口好，又胖起來。

有一天近中午，劉婆婆拉了不少黏糊糊黑油樣的大便，便後站立時，她感到眼花瞭亂、天眩地轉似的，幸好小女兒在家，及時地送她到醫院急診室。診為上消化道出血。醫生找到她自己買的未服完的藥。經查此丸是一種含類固醇的抗炎藥。

劉婆婆經醫治胃出血後，醫生不準她再服自己買的藥丸。然後為她設計一套治療方案。明瞭事理又堅強個性的劉婆婆，願意接受醫生的多學科綜合治療。

營養師幫她設計飲食餐單，目標是減肥，才能減輕膝關節對體重的承受。

物理治療師指導她水中運動，並教她走階梯的正確姿勢才可能保護關節。

職業治療師勸她不要以蹲坐姿勢清潔家居，教她如何使用拐杖。買菜使用手拉買菜車，改變壞習慣，目的是減輕關節的負擔。

多學科的綜合治療是必須有耐心的堅持，劉婆婆真是不簡單地配合醫師做到了。她終於成功地減肥，膝疼痛漸漸減少，走路靈活了許多，體態強壯而結實。

　　在劉婆婆的帶動下，幾位「師奶」好友以她為榜樣，也注意飲食健康和學了科學的保健方法。

　　現在劉婆婆逢人顯耀的是減肥成功啦！

「開心果」劉珠的人生故事

那一天，一位樸素大方中等身材，步履穩健帶着笑容走進會見室，她名劉珠，七十四歲，她知道我採訪是為寫女人的故事，有助於幫他人，非常配合，開門見山地暢述……

「我患關節痛已數十年了」，她邊講邊伸出雙手，見多個指關節已腫大變形，但她握緊和放開動作，顯示活動自如，「幾年前我痛得常眼淚溢出，許多事都不能做，如無法擰毛巾，拿不住盤碟，冇力抓東西……」

我問看甚麼醫生呀？她說：「先是看私家，一次就花仟元，後來拿私家開的藥去看政府醫生，醫生說政府診所沒此藥，開了另外的藥給我，也安排我結合物理治療……」

我說看政府藥費便宜些，她答：「一次六十元啦，後來見有人去康樂處報名學太極，我也去報名，成人班很好玩，因此，我打太極已有十年多了！後來，又參加長者健康中心聽講座，現在手腳關節已沒有那麼痛，靈活可伸屈，抓東西不掉，而且我在此還相識不少朋友……」

我贊她：阿婆，你好叻呀！我看你意志很堅強，看你樣子，又醒目，又識大體，你以前做甚麼的呀！

她答：「你猜猜？」我說：「看你是做文職工作的。」

她笑得更開朗地說：「我唔識字呀！」我九歲時父親因病早逝，正當日本鬼子侵佔我國，母親要照顧弟妹，我是阿姨把我帶大的，童年生活夠慘！

後來成年了，由姨媽介紹嫁給「盧先生」，結婚後生了兩孩，因丈夫盧先生的姐姐在香港，丈夫先自己到港謀生，幾年後申請她和兩孩子到香港團聚。

劉珠和孩子到港後，一家住在籃田山上的木屋。她丈夫做「打模工」，也學習機器操作，她自己在車衣廠當工人。兩孩在就近小學讀書。

廿世紀七十年代有一天，孩子已放學在家，忽然見隔壁「火舌」飛來我們家，來勢兇猛，電話告知她，她奔跑回家，已沒有可行路上去，她生智沿「污水渠」管爬上山邊的家裏，有個孩子已被消防員抱走，幸好及時趕到家裏損失不大，但因為又急又喘使勁拼出了全身的力，這次過後，她全身又疼痛了好多天。再去看政府醫生，取了三個月的藥，以後都定期復診了。

還記得極深的事是被賊人打劫……劉珠深呼吸一下，我們坐在旁邊幾位都靜靜專心地聽她講下去……

「有兩個男大漢到我家門口，迅速撞進門內，站在我身旁後，喊：『拿出錢來』，忽然又出一把長的刀（切西瓜刀）在我眼前一晃，然後立即擺在我頸上，我當時驚一陣，但立即鎮靜，看到眼前的櫃架上我剛有一大包從醫院取來的

藥，急中生智，也很老實地對賊人說：『我真的沒錢，如果有錢我不必去看政府醫生了，我周身骨關節疼痛，拿來這麼一大包藥。』賊人見我可憐樣，問：『你會報警嗎？』我答，你們如果不傷害我，絕對不會報警。賊人忽然放掉我，溜跑了。」

我和在坐的長者都讚她：「不簡單！」「鎮定呀！」我說：「你鎮靜處事，還有勇有智，而且看你心情很開朗！」她笑笑說：好多人叫我「開心果」。言語充滿喜悅和自信。她說，現在服藥少了，多做有益的運動。我們都讚她人生有意義，挨過苦難知道珍惜今天。她一家和諧，兩兒女已成家立業。子女都很孝順。

現在她和丈夫是互相照顧了，由於丈夫患早期大腦退化症，她面對現實，樂觀地生活，照顧老公同時，她自己也有一班打太極拳的老朋友，她常和老公來健康中心聽講座。

我看到這一位雖不識字的阿婆，人生經歷是如此豐富，心中是多麼地光亮！她教導孩子要靠自己雙手創造生活，而對自己，盡力地貢獻給他人和社會，我們許多高深知識的人還比不上她呢！

後記
──「再當一回女人」

生為女人的我，有對好父母給我心智健康的發育，和同時代的女人一樣建立家庭、養育兒女，我感到很知足了。

然而也和許多人一樣，我也逃不出被歲月的煎熬，也有遇上「天有不測風雲」的悲涼經歷。在我陷入悲情時，我逐漸發現周圍的親友也在艱辛地過日子，多少親友長輩也是經歷着坎坷的人生，她們伺候老弱病殘的親人，疲累地扛着生活重擔，頑強地活着，過着平庸困苦的生活……，在兵荒馬亂的戰爭歲月、在女性的解放運動中，出現不少走在時代前列的巾幗英雄。

我的思緒奔馳在歷史時空墜道中，我想寫女人的故事，但不知如何下筆，寫寫停停近兩年，終於選擇寫最平凡的女人小故事，在好友許瓊英的鼓勵下，這「女人小花絮」終於完稿面世。

寫了平凡女人的不平凡小故事後，我壓力釋放，興趣湧上，我問了幾位女同學：「你來世還做女人嗎？」，鄭小妹說：「我愛梅花，我希望女人像梅花一樣傲雪迎霜，不會因沒有彩蝶的纏繞而失落，也不會因沒有蜜蜂的追隨而沮喪，

而是無私、無悔地默默地綻放嚴寒之中，給大家帶來美的享受，艷麗多彩氣味芬芳！」

慧姐說：「做女人有甚麼不好！來生我還是要做女人，一來到社會上積極工作，能做好自己份工，二來做個賢內助，管理好自己的家庭，養育兒女，關心家庭每個成員，如能做這樣的女人，我已心滿意足了。」

「開心果」說：「如有來生，我希望重見現在的老公、兒子、媳婦……我還是想當平凡的女人……」

她們的真言感動我，女人堅貞、剛柔品性和愛「家」是傳統美德，假如有來世的話，我也想再當一回女人，並且繼續記錄下女人的故事！

陳素中（右），許瓊英（左）留影於2016年10月29日醫大圖書館。